통합인문학을 위하여

통합인문학을 위하여

박희병 지음

2020년 7월 27일 초판 1쇄 발행

펴낸이 한철희 | 펴낸곳 돌베개 | 등록 1979년 8월 25일 제406-2003-000018호
주소 (10881) 경기도 파주시 회동길 77-20 (문발동)
전화 (031) 955-5020 | 팩스 (031) 955-5050
홈페이지 www.dolbegae.co.kr | 전자우편 book@dolbegae.co.kr
블로그 imdol79.blog.me | 페이스북 /dolbegae | 트위터 @Dolbegae79

주간 송승호 | 편집 이경아
표지디자인 민진기 | 본문디자인 이은정 · 이연경
마케팅 심찬식 · 고운성 · 한광재 | 제작 · 관리 윤국중 · 이수민 · 한누리
인쇄 · 제본 한영문화사

ISBN 978-89-7199-179-4 (03800)
이 도서의 국립중앙도서관 출판시도서목록(CIP)은 e-CIP 홈페이지
(http://www.nl.go.kr/ecip)에서 이용하실 수 있습니다.(CIP제어번호: CIP2020028362)

책값은 뒤표지에 있습니다.

통합인문학을 위하여

박희병 지음

돌베개

서문

인문학이 위기라고들 한다. 인문학 무용론을 말하는 사람도 있고 인문학을 실용 학문으로 바꿔야 한다고 주장하는 사람도 있다. 그런가 하면 인문학과 공학, 인문학과 IT 기술을 융합하는 쪽으로 나아가야 한다고 주장하는 사람도 있다. 이런 주장들은 그 근저에 인문학은 실용적으로 도움이 안 되니 실용에 도움이 되게 만들어야 한다는 생각이 굳건히 자리하고 있다는 점에서 공통적이다.

인문학이 위기라고 하지만 정작 무엇이 위기인지를 따진 책을 만나기는 쉽지 않다. 본서는 인문학의 위기가 무엇이며 왜 초래되었는지를 따지는 데서 시작한다.

한편 인문학 위기의 타개 방안으로는 인문학의 문화콘텐츠화, 인문학의 대중화, 인문학의 다학제적 연구 등이 현재 제기되어 있다. 본서는 이런 방안에 어떤 문제점이 있는지를 검토한다.

본서에서 말하는 '통합인문학'의 '통합'이라는 개념은 '융합'이나 '융복합'이라는 개념과 큰 차이가 있다. 물론 학문의 경계를 허물며 새로운 지적 지평을 열고자 한다는 점에서 일치하는 바가 없는 것은 아니다. 하지만 둘은 인문학에 대한 인식과 그 존재론적 규정에 있어 근본적인 상위(相違)가 있다. 단적으로 말해 지금 한국에서 운위되고 있는 학문의 융합(혹은 융복합)은 '실용성' 혹은 '자본'과의 관련에서 자유롭지 않다.

본서에서 제론(提論)되는 통합인문학은 다학제적인 인문학 연구와도 큰 차이가 있다. 다학제적인 인문학 연구는 현재 인문학의 분과학문적 한계를 돌파하고자 하는 문제의식은 있으나 급변하는 현재의 문명 상황에서 인문학을 어떻게 재규정해야 하는가에 대한 고민이나 문제의식은 갖고 있지 않다. 이 때문에 실용성 담론에 재포획될 우려가 있다. 이와 달리 통합인문학은 인문학이 연구 주체와 대상에, 그리고 우리가 살고 있는 이 세계와 우리의 삶에, 어떤 의미가 있는지를 묻는 데서 출발한다. 그러므로 실용성 담론에 포획되지 않으며, 역설적으로 실용성을 뛰어넘는 지점에서 실용성과 연결된다.

통합인문학은 기본적으로 어학, 문학, 역사, 철학, 예술 등 인문학 내부의 여러 분과학문을 통합적으로 연구하는 것을 일차적 목표로 삼는다. 그렇다고 통합인문학이 지금의 학문 분류체계 내에서 인문학 밖에 있는 학문인 사회과학이나 자연과학과의 통합적 연구로 나아가는 길이 닫혀 있는 것은 아니다. 만일 제대로만 된다면 그런 연구는 장차 많을수록 좋을 것이다. 하지만 큰 통합을 주장하는 것이 능사는 아니다. 책임지기 어려운 큰소리를 하기는 오히려 쉬운 일이다. 지금과 같은 인문학의 위기 상황에서 정말 필요한 것은 현재 우리의 학문 역량을 십분 고려해 구체적인 실천을 염두에 둔 방안을 구상하는 일일 것이다. 이에 본서는 인문학의 내부 정비, 인문학의 새로운 구축이라는 데 초점을 맞춰 논의를 전개한다.

통합인문학에 대한 구상과 제안은 필자의 그간의 연구 경험에 기초해 있다. 필자는 한국고전문학 연구에서 출발해 사상사 연구를 거쳐 예술사 연구에 이르는 공부길을 걸어왔다. 시간으로 치면 40여 년이니 짧은 세월은 아니다. 본서는 필자가 이 기간 동안 스스로 통합인문학을 수행하면서 하게 된 생각과 성찰들을 묶어 하나의 담론으로 정립한 것이라고 말할 수 있다.

본서는 2부로 구성된다. 제1부에 실린 「분통문답」은 올해 4월에 새로 쓴 글이다. 홍대용을 본떠 문답 형식으로 현재 학문의 상황과 통합인문학의 개요를 논했다. 가장 최근에 쓴 글이니만큼 필자가 도달한 사유의 최종 지점을 보여 준다고 할 수 있을 것이다. 제2부에는 4편의 글이 실려 있다. 첫 번째의 「21세기에 국문학 연구가 가야 할 길」은 1998년 성산학술상의 수상 소감으로 작성한 글이다. 이 글에는 비록 아직 '통합인문학'이라는 말은 나오고 있지 않지만 그리로 나아가는 필자의 사고의 궤적이 드러나 있다. 두 번째의 「통합인문학으로서의 한국학」은 2005년 한림대학교 한림과학원 한국학연구소에서 '21세기 한국학, 어떻게 할 것인가'라는 주제로 개최한 학술대회에서 발표한 글이다. 필자는 이 글에서 통합인문학을 처음 공론화했다. 세 번째의 「학문, 삶, 글쓰기」는 『오늘의 문예비평』 2013년 겨울호에 실린 글이다. 당시 김경연 편집 주간의 부탁을 받아, '삶과 독서와 글쓰기'라는 특집 기획에 부응하여 쓴 것인데, 비록 글의 성격상 통합인문학을 본격적으로 논의한 것은 아니나 인문학과 삶의 관련, 인문학의 사회적 책무에 대한 필자의 생각이 피력되어 있다. 네 번째의 「디지털 시대의 학문하기」는 2018년 한림대학교 한림과학원에서 '새로운 과학 패러다임 시대의 인간과 가치'라는 주제로 개최한 제10회 일송학술대회에서 발표한 글이다. 이 글은 미증유의 사태라고 할 정보기술의 질주 시대에 인문학의 과제와 책무가 무엇인지를 통합인문학적 견지에서 되짚어 본 것이다.

학문의 통합이나 융합을 말하는 사람은 여기저기 많다. 하지만 그런 주장을 학문적으로 묵묵히 실천하는 사람은 좀처럼 발견하기 어렵다. 학문은 말이 아니라 실천으로 보여 주지 않으면 안 된다. 본서의 통합인문학 담론에는 필자의 오랜 학문적 실천이 담보되어 있다. 목하 인문학은 몹시 엄중한 상황에 처해 있다. 아무쪼록 이 책이 한국 인문학의 혁신에 도움이 되기를 기대한다.

2020년 5월 26일 자야(子夜)
박희병

차 례

제1부

분통문답 分統問答

: 현재 학문의 위기와 통합인문학

분자(分子)는 한국학을 전공하는 40대 후반의 학자다. 대학에 들어오면서부터 학문에 뜻을 두어 학과 교수들의 강의를 열심히 듣고 전공 공부를 아주 착실히 했다. 그래서인지 학과 교수들의 인정을 받아 무난히 석사 학위와 박사 학위를 받았으며, 몇 년의 시간강사 시절을 거쳐 대학교수로 임용되었다. 그런데, 대학교수가 되면 연구와 강의에만 전념할 수 있으리라 기대했지만 현실은 막상 그렇지 않았다. 각종 회의와 잡무가 의외로 많아 차분히 집중해서 공부하기가 쉽지 않았다.

하지만 분자는 원래 성실하고 참을성이 많은 사람이므로 이런 상황에서도 밤늦게까지 책을 읽거나 글을 쓰며 학자로서의 본분을 다했다. 이런 노력 덕에 그동안 1년에 최소한 두어 편의 논문을 써 왔으며, 학술서도 세 권이나 냈다. 분자 스스로도, 이 정도면 한국이라는 나라의 교수 치고는 발군에 속할 것이라고 자부했다. 실제로 분자는 자신이 전공하는 분야의 전문가로 어느 정도 명성을 얻어 후학이나 학생들에게 권위가 있었다.

하지만 그것은 겉치레에 가까운 것이었다. 50을 바라보는 나이가 되자 분자는 앞만 보고 달려온 이전과 달리 자신이 지금까지 해 온 학문에 점차 회의가 싹트기 시작했으며, 앞으로 해야 할 공부에 대한 전망이 뚜렷이 잡히지 않았다. 논문 쓰는 노하우는 진작 터득한지라 1년에 두어 편 논문을 쓰는 데는 아무 문제가 없었지만 그럼에도 그 일이 별로 신나지 않았다. 매 논문마다 제목과 다루는 대상이 달랐음에도 왠지 그 논문이 그 논문 같다는 느낌이 들면서 자신이 혹 매너리즘에 빠진 것은 아닌가 하는 의구심이 들기도 했다.

이 점에서 분자는 학자로서의 성찰이 없지 않은 사람이었다. 이 때문일 테지만 분자는 요즘 와서 부쩍 자신의 학자적 명성과 인격적·정신적 성장 간에 괴리가 있다는 생각을 하게 되었다. 젊은 시절에는 둘이 비례할 줄로만 알았는데 나이가 좀 들어서 보니 둘은 아무 관련이 없는 것 같고 생각하기에 따라서는 오히려 반비례하는 것 같기도 했다. 지식이 늘면 늘수록 인간으로서의 정신성이 향상되고 인격이 고매해지면 좋으련만 실제로는 전연 그렇지 않았던 것이다.

분자는 주말마다 혼자 산에 다니기를 좋아했다. 눈이 내리는 어느 날 분자는 산에 올라갔다 내려오는 중이었는데 인적이 드물어 고즈넉했다. 중턱쯤 내려왔을 때 길 안쪽 저편에 희미하게 암자 같은 것이 하나 눈에 띄었다. 분자는, 자주 다니는 길인데 왜 전에는 이 암자를 보지 못했을까 의아해하며 암자로 걸어 들어갔다. 네댓 평 정도의 작은 집인데 '이하암'(二下菴)

이라는 작은 나무 현판이 걸려 있었다. 분자는 헛기침을 하며 “계세요?” 하고 큰 소리로 말했다. 그러자 안에서 “뉘신지요?” 라고 묻는 말이 들려왔다. 분자는 문을 열고 말했다.

“실례합니다. 산에서 내려오다 전에 못 본 암자가 있기에 잠시 들렀습니다.”

안을 엿보니 사면이 전부 책으로 가득한데 고목과 같은 노인 한 분이 의자에 우두커니 앉아 있고, 창 아래에 ‘통자지소’(統子之所)라는 횡액(橫額)이 걸려 있었다. 분자가 말했다.

“저는 분자라고 합니다. 어르신은 뉘신지요?”

노인은 환대하는 낯빛으로 이리 말했다.

“눈바람이 몰아치고 있으니 혹 괜찮으시다면 제 거소가 비록 비좁고 누추하기는 하나 우선 잠시 들어와 앉으시는 게 어떻겠습니까?”

분자는 감사의 뜻을 표하며 방으로 들어가 의자에 앉아 노인과 마주했다. 노인은 평범한 모습이었으나 눈빛이 형형했다. 노인이 말했다.

“제가 누구냐고 물었지요? 저는 통자라고 하며, 이것저것 공부하는 것을 낙으로 삼고 있습니다.”

“네. 그러시군요. ‘이하암’이라는 이름은 무슨 뜻입니까?”

“허허. 그냥 장난삼아 붙인 이름이지요. 둘이 서로를 낮춘다는 뜻인데, 하늘과 땅, 구름과 바람, 산과 강, 인(人)과 물(物), 음과 양, 너와 나가 서로를 낮추면 평화롭지 않겠습니까?”

통자의 이 말에 분자는 갑자기 호기심이 솟구쳐 불현듯 이분과 격의 없는 대화를 나눠 보고 싶다는 생각이 들었다. 그래서 이리 말했다.

"저는 대학에서 학생들을 가르치며 공부를 하고 있습니다. 그런데 지금의 대학은 이전의 대학과 많이 다르고 학문도 갈수록 왜소해져 이런저런 고민이 많습니다."

"세상이 크게 변화하고 있으니 그런 것 아닐까요? 지혜의 눈으로 길을 잘 찾아봐야 할 테지요."

"예. 오늘 인연이 닿아 이렇게 만나게 된 듯한데, 이런 문제에 대해 이야기하며 선생의 고견을 좀 듣고 싶군요."

"고견이라니 그건 제 분에 맞지 않는 말 같습니다. 저는 혼자 틀어박혀 한국이라는 시공간이 갖는 주체성과 인간의 삶에 대해 탐구하며 40여 년을 보냈는데, 지금 와 생각하니 그다지 소득이 없고 그저 세월만 허송한 것 같아 마음이 착잡하기 그지없습니다. 뭘 좀 해 보고 싶었으나 별로 한 게 없군요. 하지만 아직 시간이 조금 남아 있으니 노력은 해 봐야지요. 제 사정이 이러하니 저는 오히려 분선생의 말씀을 좀 듣고 싶습니다."

"예. 그러시군요. 선생과 저는 모두 한국에 대한, 그리고 인간의 삶에 대한 학문에 몰두해 있다는 점에서 일치하는 것 같군요. 바라건대 스스로를 속이지 말고 허심탄회하게 심중의 회포를 토로해 서로의 암중모색에 도움이 되었으면 합니다. 선생께서는 과연 어찌 생각하시는지요?"

"허허, 불감청고소원입니다."

창밖을 내다보니 아직도 눈이 내리고 있었으며, 높은 소나무가 눈을 맞아 새하얀 빛으로 서 있었다. 해는 뉘엿뉘엿 저물어 사위(四圍)는 더욱 고요해졌으며, 공산(空山)에는 두 사람뿐인 듯했다.

이런 속에서 두 사람은 시간을 잊은 채 대화를 주고받았다.

현재의 학문 상황과 그를 둘러싼 환경

정량 평가의 문제

분자 — 요즘은 스스로의 내면적 요구, 스스로의 지적 갈증 때문에 연구하고 논문을 쓰는 일이 점점 어려워지는 것 같습니다. 그보다는 논문 쓰기에 적절한 자료나 대상이나 주제를 먼저 물색하고, 주어진 형식과 절차에 따라 말을 메워 넣는 방식으로 논문을 쓰고 있다는 느낌이 강하게 듭니다. 혹시 저만 그런 걸까요? 글쎄요, 꼭 그런 것 같지는 않습니다. 새로 학문에 입문한 분들이나 저보다 젊은 학자들이라고 해서 이런 상황에서 자유로운 것 같지는 않군요.

통자 — 왜 논문을 쓰는 거지요?

분자 — 세 가지 층위가 있습니다. 우선 입문 단계의 초학자는 학위를 받기 위해 논문을 써야 하고, 박사 학위를 받은 연구자는 대학에 취직하기 위해 논문을 써야 하며, 대학에 취직한 분은 최소한 재임용과 승진을 위해 논문을 써야 합니다.

통자 — 생계를 위해 논문을 쓰는 거군요.

분자 — 그런 면이 없지는 않지요. 하지만 적어도 공부하는 사람은 대학 바깥의 사회에서 살아가는 사람과 달리 지적 호기심과 열의 같은 것이 높지요. 이것이 논문 쓰기를 추동하는 숨은 힘이 되지 않을까 싶네요.

통자 — 그렇군요. 근대 학문의 요람지라 할 서구를 보더라도 칸트(Immanuel Kant, 1724~1804)나 헤겔(Georg Hegel, 1770~1831) 같은 고명한 학자 역시 대학에 교수로 취업하기 전 상당한 기간 동안 가정교사를 했지요. 그러면서 학문에 정진했어요. 20세기의 발터 벤야민(Walter Benjamin, 1892~1940) 같은 학자는 그리 교수가 되고자 열망했지만 끝내 되지 못했고요. 하지만 그는 궁핍한 속에서도 논문 쓰기와 저술 활동을 멈추지 않았지요. 학자도 먹고 살아야 하지 않겠습니까. 그러니 생계를 위해 논문을 쓴다고 다 비난할 일은 아니지 않을까 싶군요.

분자 — 그건 그렇지요. 삶보다 우선적인 건 없으니까요. 인간의 모든 영위는 결국 삶을 위한 것 아니겠습니까. 그렇긴 하나 요즘의 상황을 잘 들여다보면 좀 비관적인 측면이 있는 것도 사실입니다.

통자 — 그게 뭐지요?

분자 — 칸트나 헤겔은 논문 편수로 대학교수가 되거나 승진하지는 않았을 겁니다. 지금 한국에선 논문 편수에 따라 대학교수가 되고 승진이 결정됩니다. 물론 논문의 질도 어느 정도 고려가 된다고는 합니다만 그건 구색에 불과하지 않나 싶은데요. 중요한 건 대체로 연구의 양적 지표 같습니다. 그러니 칸트나 헤겔 같은 고명한 사람도 만일 지금 한국에서 학문을 한다면 대학교수 되기가 그리 쉽지는 않을 듯싶은데요.

상황이 이러니 전부 논문을 가급적 많이 쓰려고 급급해합니다. 저도 이것이 문제인 줄은 알지만 따라가지 않을 수가 없습니다. 매년 논문 편수에 따라 성과급에 차등이 있을 뿐만 아니라, 프로젝트에 참여할 경우 논문 편수가 많아야 좋은 점수를 받을 수 있기 때문이지요. 대학 본부도 언론사에서 주관하는 대학 평가에서 높은 점수를 받기 위해 교수들에게 논문을 많이 쓰라고 여러 가지 방식으로 독려하고 있지요.

대학 내부의 이런 문제는 교수 채용과도 연결됩니다. 그래서 논문 편수가 많은 사람을 선호하는 거지요. 이러다 보니 취업을 앞둔 소장 학자들은 기를 쓰고 논문 편수를 늘리려고 하고 있지요. 이 경우 헤겔의 말처럼 '양의 질로의 전화(轉化)'가 일어나면 좋으련만, 전연 그렇지 않고 외려 질적 저하가 심화되고 있는 게 현실입니다.

통자 — 대충 짐작은 하고 있었지만 생각보다 훨씬 심각하군요. 학문은 한 사회의 두뇌와 같은 것인데 이래 갖고서야 고등한 사회로의 발전이 가능하겠습니까? 정말 걱정스럽군요. 지금 들어보니 문제는 개인적 차원의 것이 아니라 사회구조적 차원의 것 같군요. 그러니 사태를 개선하기 위해서는 여러 각도의 노력이 필요할 듯합니다. 우선 학자의 입장에서 본다면 무엇을 개선하는 게 급무 같나요?

분자 — 논문의 양적 평가를 주변화하고 대신 질적 평가를 중심에 두는 방향으로 전환하는 것이 급선무가 아닌가 해요. 가령 일본만 하더라도 2, 3년에 논문을 한두 편 정도 쓰더라도 학계에서 주목받는 훌륭한 논문이 한 편 있으면 그것이 높이 평가되어 학계에 자리 잡는 구조라고 알고 있어요. 일본 인문학은 전반적으로 한국 인문학보다 수준이 훨씬 높지요.

통자 — 양적 평가가 학문적으로 전연 도움이 안 되고 사회적·국가적으로도 도움이 안 되는데 이걸 계속 고집하는 이유는 뭔가요?

분자 — 제가 생각하기엔 두 가지 이유가 있는 듯합니다. 하나는 교수 내지 대학을 통제 혹은 관리하려는 것이고, 다른 하나는 양적 지표를 중시하는 한국 사회의 일반적 분위기와 관련이 있지 않나 합니다. 하나는 국가주의적 기획에 기인하고, 다른 하나는 압축 근대화와 연관된 한국의 천박한 자본주의 문화에 기인할 테지요. 사실 이 둘은 연결되어 있을지도 몰라요. 한국에서는 '국가'적 차원이든 '사회'적 차원이든 질보다는 양을 중시하는 사고가 팽배해 있으니까요.

통자 — 이과 학문과 문과 학문을 구별해 생각할 필요가 있겠군요. 이과 학문은 대체로 '실험' 결과를 정리해 작성한 보고서가 곧 논문이니 1년에 10여 편도 쓸 수 있지만 문과 학문은 기본적으로 연구자의 '사유'가 주축이 되므로 논문 작성에 시간이 훨씬 많이 걸릴 수밖에 없지요. 일단 이과 쪽은 논외로 하고 문과 쪽은 일정한 기간 내에 어느 정도의 논문을 쓰는 것이 적당할까요?

분자 — 문과 쪽도 그 내부를 들여다보면 단일하지 않은 듯해요. 문과 쪽 학문의 두 핵심 부문은 사회과학과 인문학일 텐데, 인문학에 한정해 보더라도 그 내부는 어문학, 역사학, 철학으로 대별될 수 있어요. 대체로 어문학 쪽보다는 역사학이나 철학 쪽이 논문 쓰기가 힘든 것으로 알고 있어요. 제가 아는 철학과 교수는 외국의 저널에서 주는 논문상도 수상한 적이 있는 세계적 급수의 학자에 속하는데, 이 양반 말이 자기 기준에 부합하는 단단한 논문 한 편을 쓰려면 적어도 3년은 걸린다고 하더군요. 물론 1년 만에 논문을 쓸 수도 있지만 그래서는 단단하고 문제적이며 완성도가 높은 논문은 쓰기 어렵다더군요. 역사학 쪽도 많은 사료를 들여다봐야 하는 특수성 때문에 짧은 시간 안에 논문을 쓰기 어려운 제약이 있어요. 한국사 쪽보다 서양사나 동양사는 더 어려움이 있을 거예요. 셋 중에는 어문학이 상대적으로 좀 나은 편이지만 그럼에도 서양 문학의 경우 짧은 시간 안에 수준이 되는 논문을 쓰는 일이 불가능에 가깝지 않은가 해요.

이런 점을 고려하면 일률적으로 기준을 정하는 것에 회의가 들지만 만일 꼭 정해야 한다면 3년에 2편이나 5년에 3편쯤이 어떨까 싶군요.

통자 — 지금은 보통 어느 정도 써야 합니까?

분자 — 학교마다 차이가 있지만 압박이 심한 경우 1년에 두어 편은 써야 할 걸요. 또 취직을 위해서는 1년에 3편 이상은 써야 예심을 통과할 수 있는 것으로 알고 있어요. 취직을 위해 1년에 열 편 이상의 논문을 쓰는 사람도 있다고 듣고 있어요. 제가 속한 국문학 쪽 이야기입니다만.

통자 — 그처럼 논문을 위한 논문을 쓴다면 논문들이 대개 천편일률적인 것으로 되기 쉽겠네요. 게다가 논문 심사 과정을 거쳐야 학술지에 게재될 수 있으니 심사에 통과되기 쉬운 무난한 논문을 쓰려고들 하겠군요. 쟁점적이거나 문제적인 논문, 새로운 사고를 펼쳐 보이는 논문은 아무래도 덜 안전할 테니까 말입니다.

분자 — 당연히 그렇습니다. 근래 논문은 엄청나게 쏟아져 나오고 있습니다만 새로운 시야를 열어 보이는, 높은 정신성을 담보하는 논문은 잘 보이지 않는 것 같습니다. 지금까지의 대화에서 드러나듯 그것은 필연적 귀결이라 할 것입니다. 정량평가로 인해 인문학의 지적 토양이 초토화되어 버린 탓이지요. 물론 이런 상황 속에서도 기죽지 않고 의연히 학문의 길을 가는 분도 없지는 않을 테지만 과연 얼마나 될지 모르겠으며 전반적 풍토가 이러하니 그분들 역시 어려움이 있지 않겠습니까.

통자 — 네, 그런 상황에서는 아무래도 미시적 성격의 작은 주제를 가지고 쓴 논문들이 양산되기 쉽겠군요. 자료에 대해 논의한다든가 어떤 대상이나 현상을 실증적으로 점검하는 논문도 그에 속하겠지요.

분자 — 그런 것 같습니다. 사유의 활발한 운동을 보여 주는 논문보다는 기계적이고 패턴적인 논문이 훨씬 쓰기가 쉬우니까요.

통자 — 그러면 인문학이 감당해야 할 삶에 대한 전체적 조감과 전망, 진리의 인식과 체득에 심각한 난점이 생길 것 같은데요.

분자 — 그렇지요. 그러니 요즘 많이 운위되는 '인문학의 위기'도 지금 이야기되고 있는 것과 무관하지 않다고 봐요.

인문학의 위기

통자 — 인문학의 위기는 어디서 유래하나요?

분자 — 인문학이 별로 돈이 안 된다, 사회에 도움이 안 된다는 데서 유래하는 것 같은데요.

통자 — '사회'라는 개념에는 여러 의미와 층위가 있을 수 있겠는데, 분선생이 방금 말씀하신 '사회'는 '시장'에 가까운 듯하군요. 요컨대 생산과 서비스와 유통이 이루어지는 현장을 말하는 거겠지요.

분자 — 예, 별 생각 없이 말했지만 말씀을 듣고 보니 그런 것 같군요.

통자 — 시장의 관점에서 인문학이 별 소용이 없는 학문이라는 인식은 틀린 게 아닌 것 같군요. 사실 보기에 따라서는 아무 '소용'이 없는 것을 공부하고 연구하는 게 인문학 아니겠어요? 인문학은 중국 고대의 현자인 장자(莊子)가 설파한 '무용

(無用)의 용(用)'에 가까운 거니까요. 하지만 이 '무용'이야말로 다른 용(用)이 감당할 수 없는 큰 용(用)이고, 인간의 삶을 진리로 이끌며 존재의 확장을 낳는 지도리 아닐까요. '진리'에 대한 규정은 따로 별도의 논의가 필요하겠습니다만.

분자 — 예, 시장에서는 그런 말씀 자체를 뜬금없으며 인문학이 아무 소용 없는 것임을 입증하는 말로 받아들일 것 같은데요. 하하.

통자 — 허허, 그럴 테지요.

분자 — 근데 인문학은 원래부터 그리고 예전부터 그러했는데 왜 근래에 와서 인문학이 이토록 못난이 취급을 받고 있는 걸까요?

통자 — 그건 사회의 변화, 후기 자본주의의 새로운 국면과 큰 관련이 있다고 생각됩니다. 세계적으로 신자유주의 이후 경쟁과 약육강식이 심화되면서 사회가 더 살벌해졌는데 한국 사회도 IMF를 겪은 이후 이전과 완연히 다른 상황이 된 듯합니다. 공동체적 가치, 이상, 사회적 유대나 연대, 이런 것들에 대한 관심이나 존중이 쪼그라들거나 사라지고 돈의 중요성, 물질적 삶의 중요성이 부각되는 쪽으로 전반적 사회 풍조가 바뀐 듯합니다. 이런 풍조는 '반인문학적'인 것에 가까운 것이지요. 인문학은 돈 버는 기술이나 방법과는 전연 무관하며 오히려 돈 반대편의 어떤 것, 돈과는 무연한 어떤 것에 관심을 가지고 거기서 인간 삶의 근원적이거나 본질적인 의미를 찾으려 하거든요. 그러니 이런 풍조에서 인문학이 못난이, 열등한 것, 없어도 무방한 것으로 간주되는 것은 예상할 수 있는 일이지요. 크게 보면 이는 전세계적인 현상일 수 있습니다. 지구 전체가 자본주의의 세계체제 속에 포섭되어 있으니까요. 다만 한국은 유별나게 속도와 효율성을 중시하는데다 디지털 강국에 속하니 이 점에 기인하는 특수성이 가세하고 있다고 보입니다.

분자 — 인문학의 위기가 디지털 문명으로의 진입과 관련이 있다고 보시는군요.

통자 — 네, 그렇게 생각해요. 이 점은 나중에 따로 이야기하는 게 좋을 듯하군요.

분자 — 선생은 인문학의 위기가 내부가 아닌 외부로부터 초래되었다고 보는 입장이군요.

통자 — 아니, 그렇지는 않아요. 저는 안팎의 요인이 모두 있다고 봐요. 다만 외부적 요인으로 인해 내부적 요인이 더욱 분명해지고 더욱 잘 자각할 수 있게 된 면은 있지요. 현재 인문학의 위기를 외부적 요인의 탓으로만 돌리거나 내부적 요인의 탓으로만 돌리는 것은 모두 정당하지 않다고 생각해요. 하지만 외부적 요인이 인문학의 위기를 촉발시키고 인문학을 고사시키는 계기가 된 것만큼은 분명하다고 봐야겠지요.

분자 — 외부적 요인과 관련된다고 생각되지만, 대학 밖의 사회는 대학이 실용성과 당장 써 먹을 수 있는 지식의 전수를 중핵적 가치로 삼는 곳으로 재편될 것을 요구하는 것 같습니다. 최근에는 모든 학생들에게 회계학을 필수과목으로 이수하게 하는 대학도 있다고 들었습니다. 바야흐로 대학은 취업을 위한 전문 기관으로 바뀌고 있는 느낌입니다. 취업은 어렵고 경쟁은 심해지고 소득 격차는 점점 더 벌어지는 쪽으로 사회가 나아가니 학생들은 어떻게든 스펙을 쌓아 좋은 직장에 취직하려고 안간힘을 쓰는 것 같습니다. 인문대학 학생들, 심지어 공대 학생들의 상당수는 로스쿨에 들어갈 준비를 하고 있습니다. 이런 상황이니 학과의 우수한 학생들이 학문을 하기 위해 대학원에 잘 오지 않는 것 같습니다. 가장 우수한 학생들은 로스쿨로 가거나 기업에 취직하는 길을 택하고, 대체로 중간 정도의 지력을 지닌 학생이 대학원에 진학하는 경향이 있습니다. 교수 입장에서는 이런 학생이라도 반갑기 그지없지만 이런 학생마저도 최근에는 점점 줄어들고 있어 걱정이 많습니다. 그런데 더 큰 문제는 인문대학에 아주 우수한 학생들이 입학하지 않는다는 점입니다. 물론 소신이 있어 인문대학을 택한 인재들이 극소수지만 없는 것은 아닙니다. 하지만 이런 학생들이 나중에 꼭 학문을 하는 것은 아닙니다. 무릇 학문은 그 사회 최고의 인재들이 수행해야 할 업(業)입니다. 인문학도 예외가 아닙니다. 그런데 지금 되어 가는 형국을 보면 우리 사회 최고의 두뇌들이 인문학에 뛰어드는 것이 전연 아니니 앞으로 한국 사회가 정말 걱정입니다. 부익부, 빈익빈으로 인문학은 점점 더 쪼그라들게 되지 않을까 싶네요.

통자 — 듣고 보니 걱정이 많이 됩니다. 분선생의 고심이 느껴지는군요. 대학이 더 이상 상아탑이 아니니 시장과 자본의 영향으로부터 자유로울 수는 없지요. 하지만 시장과 자본에 예속되거나 휘둘리는 방향으로 간다면 그것은 아주 위험한 일이고 종국에는 전 사회가 재앙을 맞게 되지 않을까요. 인문학은 인간과 사회가 지향해야 할 가치와 덕목이 무엇인지 끊임없이 묻고 탐구하며 문제를 제기하는 것을 그 본령으로 삼는데, 만일 이 영역이 제대로 작동하며 제 몫을 못 한다면 인간적 가치에 대한 존중이 박약해지고 사회가 더욱 황폐해지리라는 것은 자명한 이치지요.

지금 분선생의 말씀을 듣고 보니 칸트의 『학부들의 논쟁』(Der Streit der Fakultäten)이라는 책에 의해 이론적으로 정초된 고전적 대학의 이념은 이제 전설이 되어 버렸군요.

분자 — 그러니 '폐허의 대학'(The University in Ruins)이 운위되는 것 아닐까요?

통자 — 빌 레딩스(Bill Readings, 1960~1994)의 그 책은 아마 1996년에 출판되었지요. 이 책을 보면 북미와 서구에서는 이미 삼사십 년 전에 대학의 위기와 인문학의 위기가 시작되었음을 알 수 있어요. 레딩스는 인문학이 위기에 처한 이유의 하나를 민족국가의 소멸에서 찾고 있지요. 지구화로 민족국가의 경계가 없어져 버려 대학이 더 이상 민족주의 이데올로기 기구로 있기 어렵게 되었다는 거지요. 그래서 대학은 이제 이전처럼 교양과 학문의 산실이 아니라 회계와 행정이 우선시되는 하나의 '기업'이 되어 버렸고, 이런 대학에서 학자가 새로운 이념을 모색하거나 대서사(大敍事)를 창출하는 것은 아예 불가능하며 오직 할 수 있는 일이란 대학이 폐허임을 인정하면서 그 속에서 질문하기를 멈추지 않는 것뿐이라고 봤지요. 대단히 비관적인 전망입니다. 레딩스의 지적에는 경청할 만한 데가 없는 것은 아니나 동의하기 어려운 주장도 많아요. 레딩스는 서구권의 학자인 만큼 그의 입론과 전망이 서구의 역사와 현실을 토대로 하고 있고 이 점에서 역시 서구중심적 시각이 작동하고 있는 게 아닌가 싶어요.

동아시아의 경우 긍정적이든 부정적이든 민족주의는 여전히 문제가 되고 있지요. 대학도 여기에서 자유롭지 않다고 생각해요. 또 서구라고 해서 민족국가가 완전히 소멸했다고 볼 수 있을지도 의문이고요. 세계적으로 현재의 대학이, 특히 인문대학이 위기라는 것은 인정해야 할 사실이지만 그렇다고 해서 지금의 대학을 '폐허'로 간주하는 시각은 너무 과한 게 아닌가 싶고, 학자의 역할을 폐허에 거주하면서 질문하기로 축소한 것 역시 너무 소극적이고 패배적인 자세가 아닌가 싶어요. 레딩스가 말하는 '질문하기'는 곧 '사유하기'를 뜻하는데, 인문학의 본령이 질문과 사유에 있음은 분명하지만, 사유의 핵심에 '비판'과 '저항'이 있음을 레딩스는 간과하고 있다는 느낌이에요.

분자 — 지금 말씀을 들으니 레딩스는 인문학자를 폐허에서 사유하는 난민 같은 존재로 생각한 게 아닌가 싶군요. 대학을 '불화의 공동체'로 규정한 것도 인문학자의 고립무원감, 낭패감을 표현하고 있다는 느낌이 드는군요. 아무튼 레딩스의 지적대로 고전적 지식 모델이 붕괴된 것은 사실이라고 봐야 할 듯해요.

통자 — 그렇습니다. 레딩스의 진단은 지금과 같은 디지털 문명을 목도하기 전의 것인데 디지털 시대에 진입한 지금은 상황이 더욱 엄중해진 듯합니다. 인문학은 더 큰 도전에 직면해 있는 듯해요. 디지털 문명과 인문학의 관계에 대해서는 뒤에 따로 이야기하는 게 좋겠고, 여기서는 자본과 시장이 대학에 미친 영향에 대해 좀 더 이야기해 보는 게 어떨까요.

분자 — 대학에 대한 자본의 지배력이 이전보다 훨씬 커졌고 그에 따라 시장이 대학에 요구하는 목소리 또한 커진 것은 분명하다고 봐야겠지요. 수익성, 효율성 중심으로 움직이는 자본과 시장의 관점에서 보면 대학은 아주 비효율적이어서, 실용적으로 크게 바뀌어야 한다고 여겨질 거예요. 특히 인문대학은 그럴 테지요. 최근 인문대학에서 이루어진 학과 통폐합은 두 가지 특징이 있는 듯해요. 하나는 아예 인문대학을 없애고 교양학부로 재편하는 것이고, 다른 하나는 학과를 통폐합해 문화콘텐츠학과나 문화학과 같은 것을 만드는 거지요. 모양은 다르지만 둘 모두 시장의 요구를 반영하고 있다고 해야겠지요. 뿐만 아니라 대학 경영자의 입장에서 본다면 이는 대학의 수익구조를 개선하는 효과가 있지요. 돈이 안 되는 학과를 없애는 것만으로도 비용 절감이 될 테니까요. 게다가 인구 변동으로 대학 진학자가 줄어들고 있는 현실이고, 학생들은 좋은 일자리를 얻기 위해 대학에 진학하는 만큼, 대학 경영자 입장에서는 대학을 살리기 위해 불가피한 면이 없는 것도 아니지요.

통자 — 레딩스의 말처럼 대학이 기업이 되어 버렸군요. 교양을 갖춘 시민의 양성과 국가와 사회에 필요한 전문 인력의 양성은 본래 대학 고유의 역할에 해당하지요. 하지만 학문 수행 기관으로서의 대학이 전제되지 않고서는 이 둘이 제대로 이루어질 수가 없습니다. 직업 훈련소와 대학의 본질적 차이가 여기에 있지요. 대학은 어디까지나 학문을 기반으로 학생들을 교육하고 새로운 지식을 만들어 나가는 곳이니까요. 학문적 기반이 없다면 어떻게 학생들을 가르치며, 어떻게 새로운 지식을 창조해 내겠어요. 제가 보기에 인문대학의 교양학부화나 문화콘텐츠학과로의 통폐합 같은 것은 인문학의 학문적 기초의 소거가 아닌가 해요. 연구보다는 교육이나 산업적 활용에 전념하라는 의도 같은데, 도대체 연구의 기반 없이 이런 일이 어떻게 가능하겠어요. 제대로 된 교육이나 제대로 된 산업적 활용이 이루어질 리가 없지요.

분자 — 연구를 수행하는 대학과 전문적인 교육을 담당하는 대학으로의 이원화 같은 것이 필요하지 않을까요?

통자 — 현실적으로는 그런 것이 필요할지도 모르지요. 그렇다고 하더라도 연구와 교육은 불가분의 관계인데 어느 쪽에 좀 더 비중을 둔다는 것은 혹 모르겠지만 완전히 어느 한쪽만을 한다는 것은 수긍하기 어려운 일입니다. 요즘 학문의 '융복합' 이야기를 많이 하던데 혹 학과 통폐합과 무슨 관련이 있나요?

분자 — 학문의 융복합은 이과 학문, 즉 자연과학이나 공학 쪽에서 주로 많이 거론되는 듯한데 요즘은 사회과학이나 인문학 등의 문과 학문에서까지도 거론되고 있습니다. 융복합은 학제간 연구를 강조하므로 학과 통폐합을 정당화하는 빌미가 될 수도 있다고 봅니다. 요즘 운위되는 학문의 융복합 담론은 꼭 학문 내부의 요청에서 나온 것이라기보다 자본과 시장의 요구가 반영된 측면이 크다고 보이는데요. 그 점에서 학과 통폐합과 나란히 가는 현상이 아닌가 싶기도 하네요.

통자 — 설사 그렇다 하더라도 학문의 융복합은 필요한 게 아닌가 생각해요. 다만 적어도 인문학의 경우 지금 제창되고 있는 '융복합'이라는 개념이 과연 적절한 것이며 생산적인 것인지는 곰곰이 따져 봐야 할 것 같습니다. 사실 근대 학문은 분과학문으로 출발해 발전해 왔습니다. 다학제성을 강조하는 융복합 담론은 분과학문 체제를 뛰어넘으려는 시도이기도 하다고 생각됩니다. 그렇다면 기존의 학문적 패러다임으로 작동해온 분과학문 체제의 문제가 무엇인가 하는 물음이 제기되는데, 이는 인문학 위기의 내부적 요인에 대한 물음과도 맞물려 있다고 봐요. 지금까지 인문학 위기의 외부적 요인과 관련해 대화를 나눴는데 이제 분과학문 체제의 문제를 고리로 삼아 인문학 위기의 내부적 요인에 대한 대화로 넘어갈 수 있지 않을까 싶군요.

분자 — 예, 이야기가 점점 더 깊어지는 것 같습니다.

분과학문 체제의 문제

통자 — 아까 업적 정량 평가의 폐단에 대해 대화를 나눴지요? 이 문제는 분과학문 구조와 어떤 연관이 있지 않을까요? 이 구조 속에서 학문 행위가 이루어지고 논문 쓰기가 이루어지고 있어 갈수록 점점 더 학문이 '기능화'되고 매너리즘화되고 있는 건 아닐까요?

분과학문은 저마다 자기만의 어떤 프레임과 경계를 갖고 있다고 생각됩니다. 이 프레임과 경계 속에서 학문적 상상력이 작동하고 글쓰기가 이루어지지요. 경계 밖으로는 나가려 하지 않을 뿐만 아니라 나갈 필요를 느끼지 못합니다. 뿐만 아니라 경계 밖으로 나갈 경우 그것은 노멀한 것, 즉 정상적인 것으로 간주되지 않습니다. 이 점에서 각 분과학문은 암묵적으로 자신의 학문적 규범 같은 것을 갖고 있다고 해야겠지요. 이 규범은 관계성 속에서 비롯되고 형성된 것입니다. 즉 문학은 역사 및 철학과의 관계성 속에서 자신을 규정하고, 역사는 문학과 철학과의 관계성 속에서 자신을 규정하며, 철학은 문학과 역사와의 관계성 속에서 자신을 규정합니다. 이 경우 관계성은 상호침투가 아니라 그 반대의 것, 즉 '분리'와 '구별'을 의미합니다. 그러므로 문학이든 역사든 철학이든 분과학문은 폐쇄성을 갖게 됩니다. 이 폐쇄성 때문에 지적 수준의 저하와 기능적 면모가 야기될 수 있지요. 물론 분과학문을 하는 학자들 중에도 창의적인 훌륭한 분들이 많이 있긴 하지요. 하지만 그분들조차도 제한된 블록 속에서 사유하는 것은 동일하니, 인간과 삶에 대한 총체적인 조망이 불가능한 것은 마찬가지에요. 분과학문 체제 하에서는 표준적 논문의 양산이 가능해요. '표준적'이라는 말은 '천편일률적'이라는 말과 통해요. 비슷비슷한 논문이 쏟아져 나오는 거지요.

분자 — 말씀을 듣고 있으니 몸 둘 바를 모르겠습니다. 저에게 해당되는 말 같아서요. 요즘 융복합이니 학문의 횡단이니 하면서 여러 학문 분야를 넘나들면서 스케일이 큰 글을 쓰는 분들이 더러 계시던데 저는 한편으로 신기해하면서도 다른 한편으로는 뭔가 어중간하고 깊이가 없는 게 아닌가, 실례가 되는 말일지 모르겠습니다만 좀 심하게 말한다면 얼치기가 아닌가 하는 의구심이 없지 않았습니다. 선생은 이 점에 대해 어찌 생각하시는지요?

통자 — 예, 그런 면이 많지요. 눈썹을 찡그리게 하는 현상입니다. 저는 인문학은 장차 통합인문학 쪽으로 가야 한다고 생각하고 있지만, 그럼에도 분과학문의 장점과 의의는 적극적으로 긍정하는 입장입니다. 분과학문과 통합인문학은 결코 대립적이지 않고 상호보완적인 것이며, 또 그리 될 필요가 있습니다. 분과학문이 없다면 통합인문학을 상상하기 어렵습니다. 분과학문에는 장점이 많지 않습니까? 분선생이 잘 아실 듯한데 한번 말씀해 보시지요.

분자 — 전문성이 가장 큰 장점이 아닐까 싶네요. 어떤 문제나 대상을 좁지만 깊이 있게 파고 들어가는 힘이 있지요. 아까 말씀하셨듯이 현상적으로는 그렇지 못한 논문들도 많지만요. 하지만 그런 폐단과 관계없이 깊은 전문적 지식의 추구는 다른 것으로 대체될 수 없는 분과학문의 큰 미덕이 아닐까 싶습니다. 전문성을 추구하기에 분과학문에는 기본적으로 신중함과 사려 깊음이 내재하는 듯합니다.

통자 — 신중함과 사려 깊음은 꼭 분과학문만의 속성은 아니지 않을까요? 통합인문학도 신중함과 사려 깊음을 중시하니까요. 분과학문 최고의 장점은 역시 '전문성'이 아닌가 싶군요. 무릇 학문은 그 본령이 근원을 탐구하고 근원에 대해 사유하는 데 있으니 '전문적'일 수밖에 없지요. 대중은 학문의 전문성을 힐난하거나 그것에 시비를 걸기도 하지만 그건 대중의 입장에서 그런 것이고 학문의 입장에서 본다면 전문성은 학문의 생명과 같은 거라 해야겠지요. 전문성을 승인하지 않으면 학문 자체가 성립될 수 없고 발전할 수가 없게 되니까요. 전문성에 입각해 있는 학문을 대중에게 전달하는 일은 학문과는 좀 다른 영역에 속한다고 봐야지요. 그건 크게 보아 교양이나 저널리즘의 영역에 속하지요. 이 두 영역은 보완적인 관계에 있어요. 하나가 '농사 짓기'와 같은 직접 생산에 가깝다면 다른 하나는 가공 및 유통에 가깝다고 할 수 있을 테지요. 또 다른 비유를 든다면 하나는 '집 짓기'에 가깝다면 다른 하나는 인테리어에 가까워요. 이처럼 둘은 연결되어 있지만 그렇다고 둘을 혼동해서는 곤란해요. 가공과 인테리어가 아무리 훌륭하다 할지라도 그건 농사 짓기와 집 짓기는 아니거든요. 분과학문이 중시하는 전문가주의는 농사 짓기와 집 짓기에 해당하고 그런 점에서 그 노고를 인정하고 그 특수성을 존중할 필요가 있다고 봐요.

분자 — 아까는 분과학문에 대해 비판하시더니 이번에는 분과학문을 긍정하는 말씀을 하시니 저로서는 어느 말씀이 옳은지 좀 헷갈립니다.

통자 — 분과학문에는 장점과 함께 문제점도 있으니, 장점은 잘 살리고 문제점은 직시해 극복해야 한다는 취지에서 한 말이지요. 분과학문과 통합인문학은 진리에 대한 태도, 학문의 방법과 지향, 존재론적 연관, 삶에 대한 태도 등에서 현저한 차이가 있지만 그럼에도 이성의 인도에 따라 합리적으로 치밀하고 사려 깊게 사상(事象)의 근원을 탐색하는 것을 본령으로 삼는다는 점에서 일치하지요. 그러므로 통합인문학은 비록 그 궁극적 지평은 분과학문의 그것과 다르지만 분과학문에서 배울 점이 있지요. 이론적으로야 처음부터 통합인문학으로 출발하는 길이 열려 있지만 현실적으로는 아직 여러 가지 어려움이 있을 수 있으므로 일단 분과학문에서 시작해 학문의 기초를 충실히 쌓아 차츰 통합인문학으로 넘어가는 게 어떨까 해요.

분자 — 통합인문학이 현재의 분과학문 체제에 입각한 인문학과 꼭 대립적이기만 한 게 아니라 상생적·상보적일 수도 있다는 말씀으로 이해해도 될까요?

통자 — 방법적 및 존재론적으로 통합인문학은 기존의 분과학문 체제와 완전히 달라요. 이 점을 인정하면서도 둘은 공존할 수 있으며, 서로 영향을 주고받을 수 있다고 생각해요. 현재의 분과학문 체제를 전복하고 통합인문학 체제를 전면적으로 구축한다는 것은 별로 현실적이지 않아요. 제 생각으로는 현재의 분과학문 체제를 좀 완화해 통합인문학이 존립할 수 있도록 만들어 주는 것이 긴요하다고 봐요. 학과 체제 안에서 그러한 전환이 이루어짐과 동시에 학과 체제 밖에 있는 이런저런 연구 조직에서 통합인문학 연구가 적극적으로 권장되고 지원되면 좋겠지요. 이리 되면 분과학문도 통합인문학의 영향을 받아 자기 쇄신 같은 것이 야기될 수도 있다고 봐요. 서로 선의의 경쟁을 할 수도 있고요. 융복합을 빌미로 학과를 통폐합하는 것은 사실 분과학문을 없애는 것인데, 학문적 입장에서 볼 때 결코 바람직한 현상은 아니라고 봐야겠지요. 이 경우 분과학문의 소멸은 새로운 학문의 탄생이 아니라 학문 자체의 소멸을 의미하는 것으로 귀결되니까요. 그러니 이런 경우 역설적으로 분과학문을 지켜 내는 것이 학문을 지켜 내는 일이 되겠지요.

분자 — 예, 문제가 간단하지 않군요. 근데 '통합인문학'이라는 것은 분과학문과 달리 학문을 '통합적'으로 연구함을 이른다는 것쯤은 알겠는데 자세한 것은 잘 모르겠네요.

통자 — 그 점에 대해서는 나중에 따로 이야기하는 게 좋을 듯해요. 지금 인문학 위기의 내적 요인으로서 분과학문 체제가 거론되었고 분과학문을 이야기하다 보니 불가피하게 통합인문학이 불려 나온 것이므로 여기서는 일단 분과학문 체제에 초점을 맞춰 대화를 좀 더 이어가는 것이 좋지 않을까요?

분자 — 그게 좋겠군요. 근데 분과학문 체제와 인문학의 위기 사이에 어떤 관련이 있을까요?

통자 — 관련이 있다고 생각들을 안 하는 것 같지만 나는 큰 관련이 있다고 봐요. 이 문제를 논하기 위해서는 지금 우리가 살고 있는 세계가 이전의 세계와 어떻게 다른가를 점검해 볼 필요가 있어요. '이전의 세계'라면 좀 막연하니 '이삼십 년 전의 세계'라고 하는 것이 좋을지 모르겠군요. 무엇보다 '정보기술의 발전'이라는 면에서 지금 세계는 이전 세계와 달라요. 21세기에 들어와 세계는 '디지털 시대'로 진입했어요. 한국은 그 사회적 특수성으로 인해 디지털화가 다른 나라에 비해 더 빠르게 진행되고 있는 편이지요. 그리하여 이제 지식은 모두 '정보'로 바뀌고 있지요. 문제는 이것이 지식의 생산과 유통 방식을 바꾸고 있다는 사실이지요. 그래서 지식은 이제 더 이상 특정 전문가 집단의 전유물로 인정되지 않는 추세로 가고 있어요. 디지털 사회는 초연결 사회예요. 우리는 초연결 시대에 살고 있는 거지요. 초연결 시대에는 정보가 중요해요. 정보가 초연결을 가능하게 해 주니까요. 그런데 정보는 서로 다 연결되어 있어요. 정보 자체가 초연결적 속성을 갖는 거지요. 자, 이런 상황에서 근대 학문 체제인 분과학문 체제를 다시 들여다봅시다. 분과학문은 저마다 자신의 기본 영역을 정해 놓고 그 속에서 지식의 생산과 유통을 하고 있지요. 물론 분과학문들끼리의 영향이나 교섭이 전연 없는 것은 아니지만 그래도 기본적으로는 저마다 하나의 독립 업종으로 존재하면서 독립채산제식으로 운영이 되고 있다고 봐야 할 테지요. 이런 지식 생산 방식은 전(前) 디지털 사회에서는 그럭저럭 굴러가며 자신의 소임을 다할 수 있었지만 디지털 사회에서는 더 이상 통하기 어렵게 되지요. 대학 바깥의 사회는 막대한 데이터를 기반으로 지식정보가 초연결되는 상황으로 가고 있는 판인데 대학에서 고전적인 방식으로 분과 지식을 붙들고 앉아 갑론을박하는 것은 지속 가능한 방식이 아니라고 생각됩니다. 어떤 제도, 어떤 조직이든 지간에 시대의 변화에 능동적으로 대처하지 못하면 무너질 수 밖에 없고, 설사 당장 무너지지는 않는다 할지라도 현실에 의미 있는 역할을 하기는 어려워요. 고집스런 시대착오적 이익집단으로 전락할 수도 있고요.

여기까지 생각해 오면 지금의 분과학문 체제는, 그 속에서 열심히 그리고 성실하게 연구하는 일부 학자들의 분투와는 관계없이, 시대의 변화에 대한 대응 노력이 없었으며, 따라서 '구태의연하다'고 말할 수밖에 없지 않을까 해요. 그러니 지금 인문학의 위기는 내재적으로 본다면 이런 분과학문 체제와 깊이 맞물려 있다는 것이 제 생각이에요.

분자 — 저는 근래에 들어와 논문을 쓰는 일이 이전처럼 그리 신이 나지 않고, 이런 글쓰기가 삶에, 그리고 현실에, 무슨 도움이 되나 하는 생각을 불현듯 자꾸 하게 되요. 지금 선생의 말씀을 듣고 보니 저의 이런 고민이 현실의 급격한 변화와 무관하지 않다는 생각이 드는군요. 전적으로 꼭 그것 때문만은 아닐지도 모르지만요. 아무튼 저는 지금까지 분과학문의 문제점에 대한 자각이 전연 없었고, 그 체제에 너무 익숙해져 체제 바깥을 상상하지 못했다는 생각이 드는군요.

통자 — 분과학문이 근대 부르주아 사회의 형성과 발전에 크게 기여한 것은 사실이고, 그 점에서 인류 역사에서 큰 역할을

했다고 봐야겠지요. 하지만 지금의 후기 자본주의—지구와 생태계의 위기를 생각하면 혹 '말기 자본주의'라고 해야 할지도 모르겠습니다만—상황에서는 이 체제에 대한 전면적 성찰이 절실히 필요하다고 생각됩니다. 아까 정보기술의 발전에 대해 언급했지만, 인공지능이라든가 디지털 기기의 발달로 목하 4차 산업혁명이 일어나고 있다는 주장도 제기되고 있지 않습니까. 인문대학의 학과 통폐합은 이런 상황과도 무관하지 않다고 할 것입니다. 그러니 현재 학문의 상황, 특히 인문학의 상황을 진단하고자 한다면 정보기술 문명이 초래한 삶과 인간의 변화를 들여다볼 필요가 있지요.

분자 — 예, 안을 들여다봤다가 다시 바깥쪽으로 시선을 돌려야 하는군요.

과학기술의 질주와 디지털 문명

분자 — 지금 정보통신기술이 미증유의 놀라운 발전을 보이고 있습니다. 그야말로 이제 기술 만능의 시대가 된 느낌입니다. 기술만능주의의 폐해에 대한 비판은 이전에 많이 제기되었는데 이상하게도 정말 기술 만능의 시대가 도래한 듯한 지금 상황에서는 기술만능주의에 대한 비판이 별로 나오고 있지 않는 듯합니다. 역설적이라고 할 만하지 않습니까.

통자 — 하이데거(Martin Heidegger, 1889~1976)는 기술이 단순히 도구가 아니라 인간을 노예로 만든다고 경고한 바 있지요. 그런 지적은 지금 보면 기술사회의 초입에서 나온 것인데, 지금은 기술이 인간을 압도해 버려 그런 지적이 나오기 어려운 건지도 모르지요. 정보통신기술은 대자본과 연결되어 있는 만큼 기술의 문제는 자본의 문제와 떼어서 생각할 수 없지요. 기술의 힘이 크다는 것은 그만큼 자본의 힘이 크다는 것을 의미하는데, 자본의 힘이 막강한 만큼 기술에 대한 비판이나 저항이 어려워졌을 뿐 아니라 최소한의 '거리두기' 같은 것도 힘들어지게 되어 가고 있다고 봐야겠지요. 기술의 힘이 너무 세어지면 인간은 자기의식을 잃어 가게 되고, 기술을 자연적인 것, 운명적인 것, 필연적인 것으로 받아들이게 되지요. 이제 기술은 타자가 아니라 인간의 일부이거나 인간 자체처럼 인식되지요. 기술을 타자화해야 기술에 대한 물음이 가능한데 기술의 타자성이 모호해져 버렸으니 기술에 대한 물음이 나오기는 어려운 일이지요. 그러니 기술에 대해 묻는 것보다는, 기술이 그 내부에 들어와 있는, 혹은 기술의 일부가 되어 버린, 현 인간에 대해 묻는 것이 지금의 논의 맥락에서는 너 적실한 것이 되지 않을까 싶군요.

분자 — 정보통신기술의 편리함에 익숙해져 버려 그 틀 속에 갇혀 버리고 만 것 같군요. 갇혔다는 사실도 깨닫지 못하고요.

통자 — 정보통신기술의 생산자든 유통자든 소비자든 모두 같은 틀 속에 있는 거지요. 하지만 이 기술은 '내'가 원한 것입니까? 아니면 누가 나에게 준 것입니까?

분자 — '나'는 애초 이런 기술을 몰랐으니 누가 나에게 주었다고 해야 하지 않겠습니까?

통자 — 왜 나에게 주었을까요?

분자 — 글쎄요. 편리하니 써 보라고 주지 않았을까요?

통자 — 허허, '나'를 위해서라는 말인가요? 그보다는 돈벌이가 되니 준 게 아니겠어요? 문제는 많은 사람들이 이 기술을 받아들이게 되면서 마침내 이 기술로부터 벗어날 수 없게 되고, 세계 전체가 그에 포획된다는 점이지요. 기술을 만든 것은 과학자나 엔지니어이고 이를 상용화한 것은 자본가이지만 기술이 지배적인 것으로 되면 과학자나 엔지니어나 자본가도 미처 예상하지 못한 문제들이 대거 발생하게 됩니다. 의약 산업에서는 새로운 약을 만들 때 반드시 임상실험을 해서 그 부작용을 면밀히 점검하는데, 그리 해도 나중에 예측하지 못한 부작용이 발생하는 경우가 부지기수예요. 하지만 기술의 경우 그런 임상실험 같은 건 없어요. 이 점에서 기술은 '무책임'의 특권이 있는 것처럼 여겨져요. 기술은 일단 돈이 되면 출시됩니다. 과학자도 기술자도 자본가도 이후의 상황에는 책임을 지지 않습니다. 뿐만 아니라 그 누구도 책임을 묻지 않습니다. 모두 기술에 예속되어 버렸으니 당연한 일입니다. 그래서 심각한 생태적, 사회적, 정치경제적 문제들이 발생하게 됩니다. 지금 지구의 위기는 기실 인간의 삶을 편리하게 한다는 기술의 발전 때문에 초래된 것 아니겠어요? 이 점에서 현대 문명은 참으로 역설적이라고 해야겠지요. 디지털 문명은 인간의 삶을 자연으로부터 더욱 멀리 떼어 놓고 있다는 점에서도 문제지요.

분자 — 디지털 문명은 이전의 산업 문명과 질적으로 다른 점이 있는 것 같아요. 사람들의 생각과 삶의 방식을 획기적으로 바꾸어 놓고 있는 듯해요. 변화의 속도도 엄청나게 빨라요. 기술의 질주가 낳은 변화겠지요. 4차 산업혁명이라고 하는 것도 일리가 있어요.

통자 — 디지털 문명은 비단 산업 방면만이 아니라 사회, 정치, 학문, 문화 방면은 물론, 군사 방면에까지 큰 변화를 낳고 있어요. 인문학자의 입장에서는 디지털 문명이 인간의 존재론적 상황에 어떤 변화를 초래하고 있는가에 특히 주목하게 되지요. 디지털 문명이 인간과 인간, 인간과 사물이 관계 맺는 방식, 인간과 앎의 관계, 앎의 습득 방식 및 앎의 의미, 인간의 사유에 큰 변화를 낳고 있으니까요. 그러므로 디지털 문명이 현재의 인문학에 어떤 영향을 미치고 있는가는 이런 맥락 속에서 고찰되어야 할 것 같군요.

분자 — 디지털 문명이 인간 종(種)에 어떤 변화를 낳고 있는가, 이 점을 살펴볼 필요가 있다는 말씀이로군요.

통자 — 그렇습니다. 디지털 시대에 호모사피엔스는 그 삶의 양태만이 아니라 의식과 감정을 포함한 정신세계 전반이 바뀌어 가고 있다고 판단됩니다. 이런 변화의 요인으로는 크게 두 가지를 지적할 수 있을 듯합니다. 하나는 대상과 관계 맺는 방식이고, 다른 하나는 앎을 형성하는 방식입니다.

대상과 관계 맺는 방식부터 이야기해 봅시다. 디지털 문명에서 '나'와 대상은 그 존재관련이 아주 얇아졌습니다. 둘의 관계는 하나의 존재가 다른 존재 속으로 들어가—혹은 다른 존재가 하나의 존재 속으로 들어와—존재 융합이 일어나는 관계가 아니라, 이미지에 의해 존재성이 파악되는 관계입니다. 그러니 '나'에 대한 이해든 대상에 대한 이해든 얕아질 수밖에 없습니다. 왜 이렇게 되었을까요? 디지털 문명의 존재 방식 때문입니다. 디지털 문명은 정보에 의해 구축된 문명입니다. 정보가 없으면 디지털 문명도 없습니다. 정보에는 대상의 속성과 자질들이 담겨 있습니다. 그래서 정보를 통해 대상을 이해할 수 있습니다. 하지만 정보는 아무리 양질의 정보라 할지라도 파편적이고 분절적(分節的)인 것입니다. 따라서 정보 자체가 대상의 본질과 심연을 드러낼 수는 없습니다. 대상은 총체적인 것이니까요. 정보에 의해 분절적·파편적으로 대상이 이해된다면 '나' 역시도 분절적·파편적으로 존재할 수밖에 없습니다. 나와 대상은 존재론적으로 연결되어 있으니까요. 더군다나 디지털 문명에서는 시각화된 정보나 영상 정보가 중시되고 있으므로 이미지에 의해 대상이 이해되는 경향은 갈수록 커질 수밖에 없지요. 이미지 바깥으로 나가 온 감각과 온 의식과 온 정신으로 대상과 만나는 일은 갈수록 점점 어려운 일이 되고 있는 거지요. 이렇게 본다면 인식론적 상황은 존재론적 상황과 밀접히 연결되어 있다고 할 수 있습니다. 그러므로 디지털 문명에서 나와 대상이 관계 맺는 방식은 앎이 형성되는 방식과 분리해서 생각하기 어렵습니다.

그럼 이제 디지털 문명에서 앎이 형성되는 방식에 대해 이야기해 봅시다. 디지털 문명의 주요한 특징 가운데 하나는 지식의 정보화입니다. 그런데 정보화된 지식은 고전적 의미의 지식과는 성격이 같지 않습니다. 고전적 의미의 지식은 단지 정보로서만 존재하는 것이 아니라 내 삶의 지표로서 존재합니다. 즉 내 삶의 정위(定位)와 연관되어 있지요. 동아시아 유교의 한 갈래인 양명학에서 '지행일치'(知行一致)를 주장했을 때 '지'(知)라는 것은 바로 이런 의미를 갖습니다. 이 경우 지식은 내 삶의 실천, 내 삶이 그리로 나아가야 할 방향을 비추는 저 밤하늘의 별빛과 같은 것입니다. 이 점에서 지식은 존재의 확장을 매개할 수 있습니다. 하지만 정보는 다릅니다. 정보에는 우선 삶과의 통일적 연관이 요청되지 않습니다. 그러므로 정보를 통해 존재의 확장이 일어나기는 어렵습니다. 정보는 그저 정보일 뿐입니다. 이 점에서 정보는 기능적인 성격이 강합니다. 그러므로 온전한 지식이 총체성을 지향하는 데 반해 정보는 파편적·분절적이어도 무방하지요. '나'는 내게 필요하고 유익한 정보를 검색해 취(取)합니다. 그러므로 정보로서의 앎은 지식으로서의 앎과 그 습득의 동기와 방식이 퍽 다르다고 할 것입니다. 지식은 꼭 모두 실용적이지는 않으며 삶과의 실존적 연관이 존재하는 데 반해 정보는 본질적으로 실용적입니다. 비록 정보의 내용 자체는 전연 실용적인 것이 아니라 할지라도 정보는 실용성에 의해 표상되지요. 정보가 존재하는 맥락이 실용 속에 있기 때문입니다. 예를 하나 들어 볼까요. 우리는 김시습(金時習, 1435~1493)의 『금오신화』(金鰲新話)라는 작품을 온전히 읽었을 때 김시습이라는 작가에 대한 새로운 앎, 남녀의 사랑에 대한 새로운 앎, 그리고 폭력 앞에 속절없이 무너지지만 그에 결코 굴하지는 않는 인간의 삶에 대한 앎을 얻게 됩니다. 이 앎은 나의 삶 속으로 들어오고 그리하여 내 삶에 크든 작든 영향을 미칠 수 있습니다. 우리는 인터넷을 통해 『금오신화』의 작가 및 이 작품의 내용에 대한 정보를 얻을 수도 있습니다. 하지만 아무리 정보가 충실하다 할지라도 시간과 힘을 들여 작품을 온전히 다 읽었을 때 얻게 되는 앎과 깨달음을 얻을 수는 없습니다. 단지 자신에게 필요한 것만 취할 뿐이지요. 이 때문에 지식과 달리 정보는 아무리 많이 습득해도 도덕적 자아의 확충이나 인격의 향상이 일어나는 법이 좀처럼 없습니다.

분자 — 사실 저는 제 연배의 학자와 비교해 정보 검색에 밝은 편인데요. 인터넷을 통해 정보를 검색할 때는 긴 글이나 자료라 할지라도 대체로 건너뛰며 슥슥 읽는 방식으로 되더군요. 그래서 읽고 나면 기억이 오래 남는 것 같지 않습니다. 그리고 내게 필요한 것만 찾아서 보려고 하니까 차근차근 시간을 들여 전체를 다 읽기보다는 띄엄띄엄 읽게 되고 이게 점점 버릇이 되니 이제 긴 분량의 책을 읽는 게 불편하다는 느낌이 들어요. 이리 보면 지식과 정보는 읽는 방식에서도 차이가 있지 않나 싶군요.

통자 — 지식이 '읽다'라는 동사와 주로 관련이 있다면, 정보는 '보다'라는 동사와 주로 관련이 있다고 생각되는군요. 요즘 학생들의 문해력(文解力)이 심각하게 저하되어 긴 글을 읽고 그 의미를 해독해 내는 데 애로를 겪는다는 지적이 나오고 있는데요. 이는 학생들이 '읽다'가 아니라 '보다'에 익숙해져 있기 때문이지요. SNS나 인터넷에서의 소통이 주로 단문으로 이루어지니 긴 호흡의 글을 '읽을' 기회가 별로 없는 거지요. '읽다'는 주로 종이 책에서 이루어지고, '보다'는 주로 컴퓨터에서 이루어지지요. '읽다'와 '보다'는 '사유'에 있어 큰 차이를 낳습니다. 뇌생리학자의 연구에 따르면 텍스트를 읽는 행위에서는 뇌의 여러 영역이 두루 활성화되는 데 반해 텍스트를 보는 행위에서는 뇌의 특정 영역만 활성화된다고 해요. 뿐만 아니라 읽는 행위를 할 때는 사고 행위를 할 때의 뇌 활성 부위가 적극적으로 반응하지만 보는 행위를 할 때는 그렇지 않다고 합니다. 이로 보면 '읽다'와 '보다'는 인지 과정에 차이가 있는 거지요. 나이 드신 분이 TV를 많이 보면 알츠하이머성 인지장애가 나타날 확률이 높아진다는 것도 이와 관련이 있을 테지요. 우리는 책을 읽을 때 완급을 두고 읽게 됩니다. 어떤 대목에서는 한참 생각을 하게 되고, 어떤 구절에서는 경탄한 나머지 무릎을 치기도 하며, 앞뒤의 맥락을 가만히 음미해 보기도 하고, 읽다가 마음이 몹시 심란해지면 잠시 책을 덮고 생각에 잠기기도 하지요. 하지만 인터넷의 글을 볼 때는 다릅니다. 인터넷으로 글을 볼 때는 손가락이나 마우스로 글을 넘깁니다. 그러다 보니 대충대충 보게 됩니다. 더구나 정보를 검색할 때는 더욱 더 겅충겅충 보게 됩니다. 이런 인지 방식에서는 맥락에 대한 이해가 이루어지기 어려울뿐더러 깊은 사고가 작동하기 어렵습니다. 설사 사고가 이루어지더라도 그것은 얕은 사고이지 깊은 사고이기 어렵습니다. 이런 상황에서 텍스트에 대한 깊은 '이해'는 요원할 수밖에 없지요. 이처럼 인터넷에서는 '빨리' 그리고 '편리하게' 많은 정보를 찾아내 자기에게 필요한 유용한 것을 취할 수 있다는 이점이 있지만 그럼에도 사유의 힘이 향상되지는 않지요. 이런 과정이 오래 지속되다 보면 필연적으로 사유력이 약화될 수밖에 없습니다. 한 사회 성원 일반의 생각하는 힘이 약해진 상황을 한번 생각해 보세요. 그리고 그럼에도 사람들의 정보 검색 능력은 엄청나게 향상되어 자신이 모르는 것이 없다고 확신하는 그런 상황을 한번 생각해 보세요. 이게 바로 디지털 시대의 호모사피엔스가 보여 주는 변모의 핵심적 면모가 아닌가 생각됩니다. 많이 안다고 여기지만 그럼에도 생각은 깊지 않고, 삶이 도덕적 성찰이나 덕의 함양과 연결되지도 않을뿐더러, 대상과의 존재관련이 얇아지면서 타자를 이해하는 힘이 부족해진 인간 종의 대두라고나 할까요. 이 점에서 디지털 문명 속의 인문학은 아주 불리한 여건에 처해 있다고 해야겠지요. 인문학은 인간의 사유가 활발하게 이루어지고, 그리하여 사유하는 삶이 높이 평가될 때 비로소 존중받고 그 필요성이 인정되지요. 이리 본다면 지금은 인문학에 우호적인 상황이 아니라 몹시 적대적인 상황에 가깝다고 해야 하지 않을까 싶군요.

분자 — 인문학은 정말 안팎으로 큰 어려움에 직면해 있군요. 자기 쇄신이 없으면 그 위상이 더욱 추락할지도 모르겠네요. 근데 요즘 대학에서 학생을 가르쳐 보면 대다수 학생들이 도시에서 생장한 때문인지 자연에 대한 감수성이 너무 부족해 보입니다. 이 때문에 문학을 가르치는 일이 쉽지가 않습니다.

통자 — 자연에 대한 감수성이란 구체적으로 어떤 걸 말합니까?

분자 — 학생들에게 나무, 풀, 꽃, 곤충, 이런 것들에 대한 지식이 너무 없어 문학 작품 속으로 깊이 들어가거나 문학 작품을 깊이 이해하는 데 애로가 있다는 뜻입니다.

통자 — 『시경』(詩經)의 시편 속에는 수많은 풀과 나무와 꽃과 벌레들의 이름이 나오지요. 이것들의 모습과 빛깔, 이것들에서 표상되는 정태(情態)를 모르면 시가 핍진하게 이해되긴 힘들지요. 시는 문학의 정화(精華)로서 존재와의 교감 위에서 성립되는 장르이니 특히 그럴 테지요. 하지만 비단 시만이 아니라 산문 역시 자연에 대한 풍부한 감수성이 없고서는 깊이 있게 이해되기 어렵겠지요. 비단 문학만 그렇겠습니까. 예술도 그렇지 않겠습니까. 뿐만 아니라 역사나 철학도 조금만 깊이 생각해 보면 자연에 대한 감수성이 필요하다는 사실을 깨닫게 되지요. 인간은 본질상 자연의 일부거든요. 이 점에서 자연에 대한 감수성은 인간에 대한 감수성과 연결되고, 자연에 대한 깊은 통찰은 인간에 대한 통찰로 연결되지요.

분자 — 그렇다고 하면 비단 문학만이 아니라 인문학 전체가 자연에 대한 감수성을 필요로 하는 거네요.

통자 — 저는 그렇다고 봐요. 인문학은 인간에 대한 학문이니 자연과는 별로 관계가 없다고 생각한다면 그건 잘못이지요. 다만 인문학이 자연을 보는 시각은 자연과학이 자연을 보는 시각과는 전연 다르지요. 인문학은 삶의 한 과정으로서 자연을 대하지만 자연과학에서 자연은 법칙과 물리(物理)가 실현되는 세계일 뿐이지요. 그러므로 자연과학에서 자연은 분석과 탐구의 대상, 지배의 대상이기는 하나 교감의 대상, 존중의 대상일 수는 없지요. 근대 과학 정신의 초석을 놓은 것으로 평가되는 프랜시스 베이컨(Francis Bacon, 1561~1626)은 『신기관』(Novum Organum)이라는 저술에서 자연에 대한 지배는 신이 부여한 인간의 의무이자 책임이라고 했어요. 이와 달리 예술을 포함한 인문학에서 자연은 존중의 대상이고 그리움의 대상이며 영감의 원천인바, 고향과 같은 존재지요.

분자 — 그리 본다면 지금 학생들에게 자연적 감수성이 태부족한 것은 인문학에는 결코 좋은 일이 아니군요.

통자 — 거기서 미래의 인문학자가 나올 것을 생각하면 인문학의 미래가 밝게 그려지지는 않지요. 하지만 비관이 능사가 아니고 이런 현실을 일단 직시하면서 학생들에게 자연적 감수성을 기르고 불러 일으키는 방법이 뭔지를 고민해서 교육과 연구에 반영해야 하지 않을까 싶군요. 결국 인문학이 떠맡아야 할 일이지요. 자연에 대한 감수성의 향상은 인간의 내면을 한층 풍부하게 만들고 인간을 더욱 인간답게 만드는 데 이바지한다는 점을 잊어서는 안 될 것 같군요.

분자 — 그렇지만 의외로 자연과 인문학의 관련에 대한 주목은 생각보다 적지 않나 싶은데요. 그건 왜일까요?

통자 — 허허, 자연은 말해 봤자 돈이 안 되지 않습니까? 우리가 먹는 것이 어디서 나옵니까? 농사에서 나오지 않습니까? 그러니 농사만큼 중요한 것도 없다 하겠지요. 하지만 지금 농사의 중요성에 대해 누가 말합니까? 자연 역시 이와 같습니다. 삶에서 이보다 더 중요한 것이 없음에도 외면하고 있습니다. 인간이 이룩한 문명, 지금 인간이 영위하는 삶의 방식으로 인해 자연이 급속도로 파괴되어 회복이 불가능한 상태에 접어들었는데도 자연에 별반 관심을 갖지 않습니다. 일반인들이야 그렇다 치더라도 인문학자는 그런 태도를 취해서는 안 될 줄 압니다. 인문학자는 잠수함 속의 토끼와 같은 존재이며, 바람보다 빨리 눕고 바람보다 빨리 일어나는 풀과 같은 존재거든요. 인문학은 인간과 그 삶에 관한 학문 아니겠어요? 자연은 인간 삶 외부의 어떤 것이 아니라 인간의 삶과 긴절하게 연결되어 있습니다. 인간은 자연의 외부가 아니라 자연의 내부에 존재합니다. 이처럼 삶과 자연은 서로 이어져 있고 결국 하나를 이루고 있으므로 삶에 대한 관심과 공부는 곧 자연에 대한 관심과 공부와 분리가 되지 않고 자연에 대한 관심과 공부는 삶에 대한 관심과 공부와 분리가 되지 않는다 할 것입니다. 그러니 삶에 대한 학문인 인문학이 자연에 충분히 관심을 보이지 않는 것은 그 본령에서 멀어진 것이라 할 것입니다. 만일 인문학이 인간의 영위(營爲)인 문명에만 관심을 쏟고 자연을 도외시한다면 온전한 인문학이라 하기 어렵지 않을까요? 삶과 자연이 분리되기 어려운 하나라면 자연, 특히 지금의 자연이 처한 형국에 대한 주의 깊은 관찰과 통찰이 없고서는 인간 삶의 조건과 방향에 대한 깊은 통찰 역시 불가능할 것입니다.

분자 — 삶과 자연이 연결되어 있고 결국 하나를 이루는 것이라고 하셨지만 지금 우리의 삶은 자연에서 너무 떨어져 있고 자연으로부터의 소외가 너무 큰 것이 아닌가 싶군요.

통자 — 그렇습니다. 그런데 우리 삶이 자연으로부터 너무 떨어져 있다는 말씀도 옳지만 달리 생각해 보면 자연은 늘 우리 삶의 내부에 들어와 있기도 하지요. 가령 우리는 늘 공기를 들이마시고 살지 않습니까? 그런데 자동차나 공장에서 배출된 오염물질로 인해, 그리고 지구 온난화에 기인하는 기후변화로 인해, 공기를 들이마시는 것이 힘들어질 때가 점점 더 많아지고 있지 않습니까? 이는 자연이 우리의 삶 내부에 존재한다는 사실을 잘 보여 주고 있지요. 물도 마찬가지 아니겠어요? 가령 바다는 얼핏 생각하면 우리의 삶 외부에 존재하는 것처럼 여겨지지만 우리가 바다에서 나는 어패물이나 해초 같은 것을 섭취하며 살아가고 있음을 생각한다면 바다는 꼭 우리 외부에 있는 것이 아니라 우리의 삶 내부에 존재하고 있다고 해야겠지요. 문제는 우리의 삶 속에 들어와 있는 자연에 인간의 삶이 반영되어 있다는 사실이지요. 우리가 오염된 물을 마시거나 오염된 공기를 들이마시거나 미세 플라스틱이나 환경 호르몬이 들어 있는 어패류를 섭취하거나 하는 것은 결국 인간의 삶과 자연이 되먹임의 관계에 있음을 보여 주는 것이지요.

분자 — 끔찍한 일입니다. 인간과 자연이 서로 연결되어 있으며 공생해야 한다는 말을 입버릇처럼 늘 하면서도 실제로는 자연에 별로 주의를 기울이지 않고 있으며 자연에 도움이 되는 작은 실천도 스스로 하고 있지 않으니까요. 이러다가 인류가 망하는 거 아닌가 하는 생각이 때로 들기도 합니다만 나 혼자만 잘해서 되는 일도 아니니 도도한 흐름을 어찌할 수 없다는 무력감이 엄습할 뿐입니다.

통자 — 누군들 그렇지 않겠습니까마는 지금 우리의 화두인 인문학을 담당하는 학자들만큼은 그 본령에 충실하게 자연에 큰 관심을 쏟았으면 합니다. '일파만파'라는 말이 있지만 인문학 내부에서의 성찰과 노력이 사회적으로 파급되어 의미 있는 작용을 낳을 수도 있지 않겠습니까.

분자 — 선생의 말씀을 들으니 자연의 위기는 곧 삶의 위기이고, 그것은 다시 인문학의 분발을 촉구하는 것 같군요.

통자 — 위기를 말하는 것은 그것을 극복하고자 하는 바람이 있어서가 아니겠습니까? 요즘 개구리 보기가 힘들어졌지요. 청개구리 같은 것은 더욱 보기 어려워졌어요. 예전에 산에 가면 무당개구리가 지천으로 있었는데 지금은 전부 사라져 버렸어요. 개구리는 이제 멸종 직전의 동물이지요. 슬픈 일입니다. 17세기의 문인이자 사상가인 계곡(谿谷) 장유(張維,

1588~1638)가 개구리를 논한 아름다운 글이 있지요. 한여름에 시끄럽게 울어대는 개구리 울음에 촉발되어 인간의 삶을 깊이 성찰하고 물아(物我)가 피차 공존해야 함을 깨닫게 된다는 내용이지요. 이 글을 통해 하나의 다른 존재에 대한 이해는 '나'의 존재성을 확장시켜 주며, 이것이 바로 삶의 진리임을 알게 되지요. 그렇다고 한다면 하나의 다른 존재의 사라짐은 '나'의 존재성을 위축시킨다고 보아야겠지요. 요즘 학생들은 개구리가 신나게 우는 소리를 들어 보지 못했을 테고 비가 내릴 때 개구리들이 좋아라 하며 연못의 수초 사이를 헤엄치거나 뛰어오르는 모습을 보지 못했을 테지요. 이걸 보지 못했으니 장유의 글을 깊이 이해하기는 어렵겠지요. 장유의 이 글을 깊이 이해하지 못하면 장유라는 사상가의 고민과 존재성을 제대로 이해하기 어렵습니다. 이리 생각해 오면 개구리라는 하나의 존재의 사라짐은 '나'의 자아를 축소시키고 '나'의 존재성을 위축시키는 것이 분명함을 알 수 있지요. 비단 개구리만 그렇겠습니까? 자연 속에 존재하는 것들, 이를테면 온갖 나무며 풀이며 짐승이며 곤충들이 모두 그러하지 않겠습니까? 인문학이 이들에, 이들의 삶의 조건과 운명에 깊은 관심과 애정을 가져야 하는 이유가 여기에 있겠지요.

분자 — 그간 어렴풋이 느끼고는 있었지만 선생의 말씀을 듣고 나니 현재 대학의 위상, 학문의 위기, 인문학이 처한 상황 등이 전반적으로 잘 이해가 됩니다. 아까 분과학문의 문제점에 대해 말씀하실 때 통합인문학을 언급하셨는데 자세한 것은 나중에 말씀하시겠다고 하셨지요. 현재의 문명론적 상황과 학문의 위기에 대해서는 어느 정도 이야기를 나눴으니 이제 통합인문학에 대한 말씀을 좀 들어 봤으면 합니다.

통합인문학으로의 길

'이해'의 통합인문학

통자 — 통합인문학의 본령은 대상의 '이해'에 있습니다. 이해는 대상의 성격과 본질을 파악하게 해 줍니다. 이해를 위해선 이성과 감성이 모두 필요합니다. 이성은 냉철하고 무미건조하며, 감성은 개념적이거나 논리적이지 못하지요. 그러니 대상의 정당한 이해를 위해서는 이 둘의 통합이 필요하지요.

분자 — 꼭 통합인문학을 말하지 않더라도 인문학의 본령은 대상의 이해에 있지 않겠습니까? 하필 통합인문학을 말씀하시면서 그 첫머리에 '이해'를 말씀하시는 건지요?

통자 — 지금 인문학은 분과학문에 기초해 있으므로 대상의 이해에 제한이 있을 수밖에 없습니다. 하나의 텍스트를 생각해 봅시다. 어학은 이 텍스트를 언어적 관점에서 이해할 것이고, 문학은 이 텍스트를 문학적 관점에서 이해할 것이며, 역사학은 이 텍스트를 역사적 관점에서 이해할 것이고, 철학은 이 텍스트를 철학적 관점에서 이해할 것입니다. 동일한 텍스트를 분과학문적 관점에서 각기 다르게 이해한 것입니다. 각 분과학문 내부에서의 이해에도 다양한 차이가 존재할 수 있지만 이 점은 일단 논외로 합시다. 지금처럼 이렇게 동일한 텍스트가 분과학문적으로 이해되는 것은 텍스트에 대한 전일적(全一的) 이해라고 하기 어렵습니다. 텍스트는 그 자체가 온전한 하나로서 존재하기 때문입니다. 다시 말해 텍스트는 하나의 '전일체'(全一體)입니다. 전일체로서 텍스트의 총체성을 파악하는 데 분과학문적 이해는 명확한 한계를 가질 수밖에 없습니다. 왜냐하면 분과학문은 텍스트의 어떤 측면에만 관심을 가지기 때문입니다.

분자 — 그렇다고 한다면 문학, 역사, 철학 등 각 분과학문의 성과를 모으면 되지 않겠습니까? 굳이 통합인문학을 하지 않더라도 분과학문의 연구 결과를 잘 종합만 하면 되지 않겠습니까?

통자 — 예, 종합을 한다면 텍스트의 전일적 성격을 이해하는 데 어느 정도 도움이 되겠지요. 실제 학자들 중에는 하나의 텍스트를 연구하면서 자신이 속한 분과학문과는 다른 분과학문에서 이 텍스트가 어떻게 이해되었나를 들여다보기도 하지요. 하지만 그것은 다른 학문 분과에서 이루어진 연구에 대한 참조일 뿐이지 통합적 연구를 위한 것은 아닙니다. 그러므로 그 역시 분과학문적 연구일 뿐입니다. 뿐만 아니라 하나의 텍스트에 대한 여러 연구 결과를 종합하면 텍스트에 대한 총체적 이해에 이를 것이라고 생각하기 쉽지만 꼭 그렇지는 않습니다. 가령 18세기의 문인화가 이인상(李麟祥, 1710~1760)의

예를 한번 들어 봅시다. 현재 문학 쪽에서의 연구와 미술사 쪽에서의 연구와 사상사 쪽에서의 연구가 나와 있지요. 이 세 분과에서 각각 이루어진 연구를 다 모으면 문인화가 이인상의 총체적 면모가 드러날까요? 전연 그렇지 않습니다. 문학 쪽에서는 문학 자료만 들여다보며 연구하고 미술사 쪽에서는 회화 자료를 주로 들여다보며 연구하고 사상사 쪽에서는 사상적 입장이 표명된 자료만 들여다보며 연구했기에 세 분과를 가로지르는 이해는 어디에서도 발견할 수 없습니다. 다시 말해 대상에 대한 통합적 이해는 불가능합니다. 통합적 이해가 가능하려면 문학 자료의 이해가 미술사 자료의 이해와 융합되고 그것이 다시 사상사 자료의 이해와 융합되어야 하겠지요. 이 셋이 융합되는 과정에서 이해의 상승작용이 일어나면서 인식의 일면성이 지양되고 진리의 총체성이 확보될 테지요. 하지만 셋의 연구 결과를 아무리 다 종합할지라도 이런 총체적 인식이 확보되지는 않습니다. 부분의 결합이 전체가 아니기 때문입니다. 전체는 물론 부분을 떠나서 생각할 수 없지만 그렇다고 부분의 합이 곧 전체는 아닌 것입니다.

분자 — 말씀을 듣고 보니 그런 면이 있겠네요. 근데 이성과 감성의 통합에 의한 이해가 필요하다고 하셨는데, 이성적 이해가 요구되는 텍스트가 있는가 하면 감성적 이해가 요구되는 텍스트가 따로 있지 않을까요?

통자 — 그렇지요. 텍스트의 성격에 따라 이성적 이해가 우선적으로 요청될 수도 있고 감성적 이해가 좀 더 필요할 수도 있겠지요. 하지만 그 어떤 텍스트도 그것이 인간과 관련된 것인 한 순수하게 이성적으로만 이해되어야 하거나 순수하게 감성적으로만 이해되어야 하는 것은 없다고 해야겠지요. 분과학문 중에서도 역사학과 철학에서는 일반적으로 이성적 이해가 중시되고 문학과 예술에서는 일반적으로 감성적 이해가 중시된다고 생각하기 쉽지요. 하지만 그렇게만 보는 건 진리의 인식과 현현 및 체득에 있어 문제가 많아요. 역사학과 철학에도 감성적 이해가 필요하고 문학과 예술에서도 이성적 이해가 필요하거든요. 왜냐하면 인간의 삶은 이성과 감성 이 모두에 의해 비로소 이해될 수 있기 때문이지요. 그래서 통합인문학은 이성과 감성의 통합적 이해를 중시하는 거지요.

분자 — 문학 연구에 있어서도 연구자의 감성은 느껴지지 않고 이성만이 느껴지는 경우가 없지 않은 것 같은데요. 특히 근래 들어서는 그런 연구들이 아주 많은 듯합니다. 이건 왜 그럴까요?

통자 — 연구자의 실존을 얹어 글을 쓰는 것이 부담스럽기 때문에 그런 게 아닐까요? 그래서 주체와 대상을 분리시켜 버려 그런 것은 아닐까요? 감성을 배제하면 기계적이고 기능적으로 글을 쓸 수 있고 그러면 글쓰기가 별로 부담스럽지 않으니까요. 이런 이성은 도구적·실증적 이성이라고 할 만한데, 실증적 이성은 낮은 심급(審級)의 이성이라 해야겠지요. 연구에 있어서 실증적 이성이 필요하다는 것은 말할 나위도 없지요. 하지만 그것만으로는 부족하고 더 높은 심급의 이성, 즉 심미적이거나 도덕적 성찰적 이성이 없어서는 안 된다는 사실을 명심할 필요가 있지요.

분자 — 반대로 이성적 인식은 부족하고 감성적 표백(表白)이 주를 이루는 듯한 논문도 있습니다. 이런 글쓰기가 실증적 글쓰기보다는 나을까요?

통자 — 그런 건 연구라기보다는 '수필'에 가까운 게 아닐까요. 혹은 논문의 외관을 띤 수필이라고 할 수 있을지도 모르겠습니다. 수필은 글 쓰는 사람의 혼을 자유로이 담을 수 있는 무형식(無形式)의 형식이지만 논리와 개념으로부터 자유롭다는 점에서 연구와는 본질적으로 다릅니다. 극과 극은 통한다는 말이 있지만 이성적 인식이 부족하고 감성적 접근이 주가 되는 연구는 실증적 연구와 그 정신적·지적 기저가 동일할 수 있지요. 높은 심급의 이성과 깊은 직관적 통찰력이 다 같이 결여되어 있으니까요. 이성은 감성을 통해 비로소 육체적 구체성을 갖게 되고 감성은 이성을 통해 비로소 정신적 고양을 얻게 되지요. 저는 이 점을 염두에 두고 이성과 감성의 통합을 말한 것입니다. 통합인문학에서 왜 이성과 감성의 통합이 중요한가는 통합인문학이 문학, 역사, 철학, 예술의 통합적 연구를 목표로 삼기 때문입니다. 분과학문의 틀에서는 역사나 철학을 연구할 때 감성이 덜 중요할 수 있습니다만 통합인문학에서는 그렇지 않습니다. 통합인문학에서는 역사나 철학을 연구할 때 시를 적극적으로 다루거나 예술 작품을 적극적으로 다루기도 하기 때문입니다. 문학 연구 역시 마찬가지입니다. 분과학문의 틀 속에서와 달리 문학 연구는 역사 연구나 철학 연구를 넘나듭니다. 이 때문에 논리와 사변의 힘이 더욱 필요해집니다. 그리하여 통합인문학은 김수영(金洙暎, 1921~1968) 시인이 말한 것처럼 "모두 다같이 나가는 지평선의 대열"이 되는 것입니다.

분자 — 「바뀌어진 지평선」이라는 시군요. 김수영 시인은 그 시에서 "뮤우즈는 조금쯤 걸음을 멈추고/서정시인은 조금만 더 속보로 가라/그러면 대열은 일자가 된다/사과와 수첩과 담배와 같이/인간들이 걸어간다"라고 노래했지요. 그렇다면 통합인문학에서는 문학이 출발점이요 중심이 되는 것입니까?

통자 — 중심이 어디 있겠습니까. 통합인문학은 어디서든 출발할 수 있습니다. 역사에서 출발할 수도 있고 철학에서 출발할 수도 있으며 문학이나 예술에서 출발할 수도 있습니다. 어디에서 출발하든 무방합니다. 하지만 어디에서 출발해도 어디에선가 서로 만나며 서로 혼융하게 됩니다. 분과적 이성과 감수성이 아니라 통합적 이성과 감수성이 작동하기 때문입니다.

분자 — '이해'의 문제를 말씀하셨는데 통합인문학은 과연 분과학문보다 대상에 대한 이해를 심화하고 확장할 수 있을까요? 그 점을 어떻게 입증할 수 있겠습니까?

통자 — 인문학은 인간과 삶을 그 대상으로 삼습니다. 인문학이 연구하는 제반 텍스트도 모두 인간과 그 삶에 대한 것입니다. 그런데 인간이든 삶이든 전체로서 하나입니다. 그것은 분절되어 있거나 구획되어 있거나 파편적인 것이 아니라 하나의 변증법적 전체를 이루고 있습니다. 그러므로 인간과 삶의 전체성을 온전히 이해하기 위해서는 통합적 이해가 불가피합니다. 통합적 이해를 통해 삶의 다양한 영역들, 이를테면 언어, 문학, 역사, 사회, 사상, 예술, 정치가 좀 더 깊이, 그리고 좀 더 새롭게 이해될 수 있지요. 통합인문학은 삶의 이 다양한 영역들을 사유의 대상으로 삼으면서 통일적 이해를 꾀하기에 인식론적으로만이 아니라 존재론적으로 분과학문과 대상에 대한 이해의 전제를 달리합니다. '이해'의 행위는 그 자체가 본질적으로 통합적인 것입니다. 그러니 분과학문에 의한 분절적인 이해보다 통합인문학에 의한 통합적인 이해가 대상에 대한 이해를 심화하고 확장할 것이 분명합니다.

분자 — 분과학문이 오랫동안 구축해 온 학문적 전문성과 독자성은 결코 경시되거나 무시될 수 없다고 생각합니다. 과연 통합인문학이 이를 뛰어넘거나 대체할 수 있을까요?

통자 — 분과학문과 통합인문학은 적대적 관계가 아닙니다. 둘은 공존해야 합니다. 하지만 지금과 같은 분과학문 체제를 고수해서는 현재 인문학이 맞닥뜨리고 있는 위기를 극복하기 어렵습니다. 이 높은 위기의 파고를 넘기 위해서는 분과학문 역시 변하거나 바뀌지 않으면 안 됩니다. 그 해답은 통합인문학에 있지 않을까요? 통합인문학과 별도로 분과학문 자신도 일정하게 자신을 통합적인 방향으로 가져갈 필요가 있습니다. 분과학문의 틀을 해체하지 않으면서 분과학문이 그런 방향을 모색하는 길이 완전히 막혀 있다고는 생각하지 않습니다. 통합인문학은 하늘에서 뚝 떨어진 게 아니에요. 그것은 분과학문의 모순 속에서 배태되고 생성된 것이지요. 통합인문학은 분과학문과 인식론적 및 존재론적 전제를 달리함에도 불구하고 분과학문의 성과와 전문성을 그 지적 기반으로 삼고 있음을 부인할 수 없어요. 통합인문학은 얕고 넓은 공부가 아니라 깊고 넓은 공부를 필요로 해요. 여기저기 기웃거리는 지적 쇼핑이나 아마추어적 잡학은 통합인문학과 무관해요. 통합인문학은 어디까지나 전문성에 바탕을 둔 통합을 추구하니까요.

분자 — 요즘 강조되고 있는 학제적 연구는 크게 보면 통합인문학에 가깝겠군요?

통자 — 학제적 연구는 분과학문 모델의 한계에 대한 자각에서 비롯된다는 점에서는 통합인문학과 일치해요. 학제적 연구에는 크게 두 가지가 있는 듯해요. 하나는 여러 학문 분과에 속한 분들이 연구 팀을 구성해 공동 연구를 수행하는 것이고, 다른 하나는 개별 연구자가 자신이 수행하는 연구 주제의 혼종성(混種性) 때문에 여러 분야를 넘나드는 연구를 수행하는 것이지요. 전자는 여러 분과학문의 성과를 모으는 방식에 가까워요. 그러니 분과학문의 틀을 벗어난 것이라고 하기 어렵습니다. 후자는 분과학문의 틀을 뛰어넘고 있다고 평가할 수 있습니다. 최근 이런 연구를 수행해 삶과 세계에 대한 새로운 시각과 전망을 열어 보이는 학자들이 나타나고 있어 고무적이라 생각합니다. 이런 연구는 '넓은 의미의' 통합인문학이라 할 만합니다. 하지만 제가 지금 말하는 통합인문학은 '좁은 의미의' 통합인문학입니다. 좁은 의미의 통합인문학은 넓은 의미의 통합인문학과 달리 '존재론적 자각'이 있습니다. 즉 주체의 존재성에 대한 고민과 주체와 대상의 존재관련에 대한 열의가 있으며, 이 때문에 삶의 총체성과 진리에 대한 물음이 물어지게 됩니다. 좁은 의미의 통합인문학은 이 점에서 인식과 존재, 존재와 실천, 주체와 대상, 삶과 윤리를 통합적으로 이해하고자 한다고 말할 수 있습니다. 그래서 '자각'이라는 말을 쓴 겁니다.

분자 — 다시 '이해'의 문제로 돌아왔군요. 만일 그렇다고 한다면 선생이 말씀하시는 통합인문학에서는 연구 주체와 대상의 관계가 좀 다르게 설정될 것 같은데요. 제가 바로 이해한 건가요?

통자 — 예, 그렇습니다. 분선생과는 이야기하는 재미가 있네요. 그래서 지금껏 누구에게도 말한 적이 없는 가슴속에 쟁여 놓았던 생각을 마구 지껄이게 됩니다. 아무쪼록 분선생은 이 광객(狂客)의 말을 가려 들으시기 바랍니다.

분자 — 하하, 그런 건 걱정하지 마십시오. 저는 의심이 많아 남의 말을 쉽게 잘 받아들이지 않는 편입니다만 오늘 선생과의 대화는 참 즐겁습니다. 선생이 생각하시는 통합인문학에 대해 더 듣고 싶습니다.

통자 — 그리 말씀해 주시니 감사합니다. 통합인문학에서는 주체와 대상, 주체와 텍스트의 관계가 '통합적'으로 설정됩니다. 이 점에서 통합인문학에서의 '통합'은 '이중적' 의미를 갖는다고 말할 수 있습니다. 즉 분과학문의 통합이라는 의미와 주체와 대상의 통합이라는 의미, 이 이중의 의미를 갖습니다.

지금의 학문에서 주체는 배제되는 게 일반적이지 않나요? 주체가 배제된다는 것은 주관이 배제된다는 것과는 다른 의미이니, '나'라는 존재를 배제한다는 의미입니다. '나'라는 존재를 배제한다 함은 나의 의미, 나의 윤리적 책임, 나의 삶을 배제함을 뜻합니다. 즉 '나'를 괄호 속에 넣어 버리는 거지요. '나'와 대상을 분리시키는 이런 연구 방식은 필연적으로 기능적 지식의 추구라는 폐단을 낳을 수밖에 없습니다. 그 결과 앎과 나의 삶은 아무 관련이 없는 것으로 되어 버립니다. 이와 달리 주체와 대상의 관계를 통합적으로 설정하는 통합인문학에서는 앎과 내 삶은 서로 주고받으며 대화하는 관계에 놓입니다. 문학적 텍스트나 예술적 텍스트나 사상적 텍스트에서 특히 그렇지요. 그러므로 통합인문학에서는 '이해'를 통한 자아의 확장이 일어나게 됩니다. 내가 텍스트 속으로 들어가고 텍스트가 내 속으로 들어온 결과입니다. 삶의 경험을 토대로 한 이런 '교섭'을 통해 삶의 경험이 더욱 확대되고 심화되는 것이라고 말할 수 있겠지요. 뿐만 아니라 통합인문학은 분과학문의 제한된 인식을 넘어 삶의 전체성에 다가가고자 하기에 대상과 삶에 대한 이해가 더욱 넓어지고 깊어질 수 있습니다.

분자 — '나'의 복원이 혹 학문이 추구하는 객관성의 약화를 낳지는 않을까요?

통자 — 그리 되면 곤란하겠지요. 대상의 이해와 학자의 실존이 분리되어서는 안 된다는 주장이 주관주의의 긍정을 낳을 것이라는 판단에는 꼭 동의하기 어렵습니다. 한국을 비롯한 동아시아에서는 전통적으로 반드시 '나'를 매개시켜 학문을 해 왔습니다. 그리하여 '나'가 고려되지 않은 학문, '나'가 배제된 학문은 일반적으로 '위학'(僞學), 즉 가짜 학문으로 간주되었습니다. 그래서 '위기지학'(爲己之學)을 우선적으로 강조했던 것입니다. 위기지학은 주관적이거나 이기적인 학문을 정당화한 것이 아니라 나의 덕성의 함양과 인격의 향상이 학문 행위의 중심에 있어야 한다는 주장입니다. 위기지학이 가능해야 '위타지학'(爲他之學)이 가능하고, 학문 행위가 비로소 의미와 진정성을 가질 수 있다고 본 거지요. 이 경우 위기지학은 주관적이고 위타지학은 객관적일까요? 그렇지 않습니다. 둘 모두 공변됨과 객관성 위에 정초됩니다. 무릇 '학문은 공변된 것'이라고 보았으니까요. 이를 통해 우리는 학문의 공공성 내지 객관성이 주체의 적극적 승인과 근사하게 연결되는 역사적 사례—그것도 아주 길고 끈질긴—를 확인할 수 있습니다.

분자 — '위타지학'이라는 말은 생소한데, 혹 선생이 만드신 말입니까?

통자 — 예, 제가 만든 말로 '세상을 위하는 학문'이라는 뜻입니다.

분자 — 그렇다면 통합인문학은 동아시아 학문의 오랜 전통인 위기지학을 복원하는 의미를 갖는 건가요?

통자 — '복원'이라는 말은 좀 과한 것이 아닌가 싶지만 아무튼 그런 전통을 살려 창신(創新)하는 것은 의미가 있다고 생각해요. 얘기가 나왔으니까 말인데, 위기지학은 위타지학과 분리되지 않습니다. 분리가 되면 묘미가 없지요. 위타지학을 염두에 두지 않는 위기지학은 공허하며, 위기지학을 전제하지 않는 위타지학은 진정성을 담보하기 어렵습니다. 근대 학문은 위기지학을 소거시켜 버리고 위타지학만을 발전시켜 왔습니다. 그러다 보니 여러 문제와 폐단이 야기되고, 학자가 전인적 인간으로 나아가지 못하고 한갓 기능적 인간으로 왜소화되어 버리고 말았습니다. 통합인문학은 위기지학과 위타지학을 견결하게 결합하고자 하는 학문적 지향이라고 볼 수 있겠지요. 18세기 후반의 위대한 인문학자인 담헌(湛軒) 홍대용(洪大容, 1731~1783)은 자신의 학문 행위의 요체를 '공관병수'(公觀倂受)라는 테제로 압축한 바 있습니다. 홍대용의 시대는 학문과 사상에서 정통과 이단이 엄별되었기에 이를 넘어서서 공정성을 강조하기 위해 이렇게 말했을 테지요. 저는 이 말을 조금 바꾸어 '공관공수'(公觀公受)라는 말을 제시하고 싶습니다. '공관공수'는 대상과 텍스트를 공정하게 보고 공정하게 받아들인다는 뜻입니다. '공정하다'는 말은 사심과 편벽된 마음이 없다는 뜻입니다. 그러므로 '공관공수'는 대상과 '나'의 통합을 통해 이해의 경험을 확장하고 심화하기를 꾀하는 통합인문학의 한 강령이 됨직한 말이 아닌가 생각합니다.

'비판'의 통합인문학

분자 — 통합인문학의 '통합'이 분과학문의 통합과 '나'와 대상의 통합이라는 이중적 의미로 규정되며, 통합인문학은 이로써 인간과 삶에 대한 이해를 심화하고 확장한다는 말씀이시군요. 요컨대 통합인문학은 대상에 대한 '이해'를 중시하며, 이해를 통해 나의 자아와 삶에 대한 전망을 확충할 수 있다는 거네요. 그렇다면 통합인문학을 '이해의 학문'으로 보아도 되겠군요?

통자 — '이해'는 공감을 낳고, 공감은 존재의 깊이와 외연을 깊고 넓게 하면서 대상에 대한 사랑을 낳고, 사랑은 넉넉함과 평화를 낳고, 평화는 진정한 삶을 낳습니다. 이 점에서 이해는 삶의 총체성을 경험하는 데 아주 중요한 출발점이 됩니다. 하지만 통합인문학이 이해로 끝나는 것은 아닙니다. 통합인문학은 이해와 함께 '비판'을 중시합니다. 이해가 없는 비판은 맹목적이며, 비판이 없는 이해는 추상적입니다. 이 둘이 함께 감으로써 통합인문학은 온전할 수 있지요.

분자 — 그렇다면 통합인문학은 이해와 비판을 양대 축으로 삼는군요.

통자 — 그렇습니다. 이해가 대상과 혼융되는 행위라면, 비판은 대상을 분석하고 평가하는 행위입니다. 비판은 이를 통해 텍스트의 가상(假像)을 폭로하기도 합니다. 하지만 비판은 비판 자체가 목적이 아니며, 단순한 '부정'을 목표로 삼는 것도 아닙니다. 비판은 대상의 '본래면목'(本來面目)을 드러내는 데 그 목적이 있습니다. 이 점에서 비판은 '방법적'인 것입니다.

분자 — 비판이 목적이 아니며 방법이라는 말씀이 가슴에 와

닿군요. 저는 종종 비판이 목적처럼 현상되는 경우를 보아 왔거든요. 그런 비판은 부정성이 지나치게 강할뿐더러 사태의 일면만을 과장해 부각시키는 폐단이 있는 것으로 여겨집니다.

통자 — 무릇 비판은 '부정성'의 계기를 내포하고 있습니다. 하지만 이 경우 부정성은 더 높은 긍정, 즉 부정을 지양한 종합으로 나아가기 위한 정신의 과정으로 봐야겠지요. 비판이 단순히 부정성에만 함몰되는 것, 그것이 바로 비판을 위한 비판이지요. 비판은 분석하고 평가하는 행위이기에 냉철함과 함께 겸손함이 요구됩니다. 즉 비판의 주체는 냉철하고 겸손한 주체여야 하지요. 냉철함은 높은 심급의 이성에서 나오고, 겸손함은 주체의 한계에 대한 자각에서 나옵니다. 냉철하고 겸손하지 않으면 비판은 절제를 잃게 되며, 심지어 폭력적인 성향을 띨 수도 있습니다. 이는 바람직한 비판이 아니며, 비판의 정도(正道)도 아닙니다. 마르크스(Karl Marx, 1818~1883)가 『철학의 빈곤』(Misère de la philosophie)에서 노동자 출신인 프루동(Pierre-Joseph Proudhon, 1809~1865)이 라틴어도 못한다고 야유한 것은 그러므로 정당한 비판이라고 하기 어렵습니다. 통합인문학은 비판을 중시하지만 이런 비판에는 비판적입니다.

분자 — 통합인문학은 신랄한 비판은 하지 않겠군요.

통자 — 아니요. 신랄함이 꼭 나쁜 것은 아닙니다. '신랄하다'는 말은 '맛이 맵다'라는 뜻입니다. 맛이 맵다라는 것은 예리하고 날카로움을 뜻합니다. 예리하고 날카로움은 비판의 속성이

자 비판의 생명입니다. 이 점에서 비판에는 칼의 이미지가 있지요. 아닌 게 아니라 비판(批判)이라는 단어의 '판'(判) 자에는 '칼 도(刀)'가 들어 있습니다. 『장자』에 보면 '포정해우'(庖丁解牛) 이야기가 나옵니다. 포정은 어떤 의미에서 분석의 달인, 신랄한 비판의 달인이라 할 것입니다. 그는 오랜 훈련과 극기(克己)를 통해 획득한 집중과 몰입을 통해 비판이라는 하나의 '방법'을 '도'(道)로 끌어올렸습니다. 통합인문학은 포정이 보여준 이런, 도로 연결되는 비판을 배워야 하지 않을까 합니다.

분자 — 아까는 비판의 주체가 겸손해야 한다고 말씀하셨는데 이번에는 비판이 신랄해도 좋다고 말씀하시니 서로 모순된 것이 아닌지요?

통자 — 예, 서로 모순된 것으로 보일지도 모르겠군요. 겸손함과 신랄함은 내적으로 모순 관계에 처할 수도 있지만 통일적으로 파악될 필요가 있습니다. 겸손함은 태도와 관련된 말이고 신랄함은 방법과 관련된 말입니다. 겸손한 태도나 자세를 취해야 한다는 것이 방법의 적당주의를 정당화하지는 않습니다. 오히려 그런 태도 때문에 방법의 신랄함이 허락되는 것입니다. 게다가 겸손함의 반대편에 있는 것은 오만함이지 신랄함이 아닙니다. 또한 신랄함의 반대편에 있는 것은 싱거움이나 둔함이지 겸손함이 아닙니다. 요컨대 제가 말하고자 하는 것은 비판은 겸손한 태도로 예리하게 해야 한다는 것입니다.

분자 — 흐리멍덩한 비판은 하나마나이고 오히려 텍스트를 훼손할 수 있지요. 그런 비판은 안 하는 게 나을지도 모르지요.

그 점에서도 비판은 절제될 필요가 있지 않나 생각되는군요.

통자 — 그렇지요. 절제는 아무리 강조해도 지나치지 않습니다. 비판의 예리함은 텍스트의 참됨과 거짓됨, 텍스트의 분식(粉飾)된 부분이나 모순된 부분, 은폐된 부분을 드러내고 오류로부터의 탈각(脫却)을 가능하게 하며 텍스트의 이면이나 심연을 인식하게 해 주는 의의가 있기는 하나, 그럼에도 늘 사려분별과 신중함 위에서 관철되어야 하지요. 비판은 결국 주체에게로 향하는 것이니까요.

분자 — 비판이 주체에게로 향한다 함은 무슨 뜻인가요?

통자 — 비판은 일차적으로는 대상 혹은 텍스트를 향하지만 주체의 정신의 향방(向方)이라는 점에서는 어디까지나 주체에 귀속되는 것이지요. 이 점에서 결국 주체로 향한다고 말할 수 있어요. 그래서 부정성 일변도의 비판을 할 경우 주체의 부정성이 강화되는 것이고, 텍스트의 비밀이나 이면을 예리하게 드러내는 비판을 할 경우 주체가 좀 더 계몽되거나 탈주술화될 수 있는 것이지요. 이 점에서도 올바른 비판이 얼마나 중요한지 알 수 있지요. '네가 한 말이 네게 돌아온다' 함은 바로 이를 말할 테지요.

분자 — 비판이 대상 혹은 텍스트의 해석하고만 관련되는 것이 아니라 주체의 정신의 형성과도 관련된다는 말씀이네요. 골치가 아프군요. 만일 비판이 자기에게로 돌아온다면 비판을 아무렇게나 할 수도 없는 일이니 정말 비판하기가 힘들어지겠습니다. 그렇다고 비판을 안 한다면 대상에 대한 해석의 차원에서든 주체의 정신의 차원에서든 더욱 문제가 될 테고요.

통자 — 네, 세상만사가 골치 아프지요. 하지만 골치 아픔이 출발점이니 골치 아픔을 깨닫는 것은 중요한 일입니다. 천릿길도 한 걸음부터라는 말이 있지 않습니까. 그런데 비판은 분석 행위이기만 하지 않고 평가 행위이기도 합니다. 이제 이 점에 대해 조금 이야기해 볼까요. 평가는 가치 판단의 문제이므로 여기서 '가치'의 문제가 본격적으로 제기됩니다. 가치는 우열, 진위, 시비와 관련됩니다. 그러므로 가치를 따지는 일은 우열이나 진위나 시비를 따지는 일이 됩니다. 이 중에서 특히 우열을 따지는 일이 중요합니다. 우열은 가치의 등급인바, 정신이나 의식의 등급일 수도 있고 미적 수준의 등급일 수도 있습니다. 우열을 판단하는 일은 주체의 수준이나 상태, 지향이나 취향과 밀접한 관련이 있기에 그 결과가 꼭 같을 수는 없습니다. 그렇기는 하나 사람마다 엇비슷한 결과가 나오는 경우도 많습니다. 하지만 판단이 같든 다르든 주체가 비판적 정신 활동을 통해 텍스트를 평가하는 일은 그 자체로서 중요한 것입니다. 통합인문학은 평가의 통일성이 아니라 평가의 다양성을 긍정합니다. 평가는 일종의 물음을 묻는 행위입니다. 다양한 물음을 통해 우리는 진리에 좀 더 다가갈 수 있지요. 그러니 다양한 평가가 긍정되어야 하는 것입니다. 물론 어떤 평가가 좀 더 타당한가는 별도의 문제로 남으며 그것은 달리 논의되어야 할 영역일 테지만 말입니다.

분자 — 요즘의 인문학은 텍스트에 대한 평가에는 별로 흥미가 없는 듯하고 현상 분석이나 실증 쪽에 관심이 많은 듯한데, 텍스트에 대한 평가가 다 끝나서일까요?

통자 — 텍스트에 대한 평가는 주체가 달라지는 한 끝나는 법이 없습니다. 그러니 텍스트에 대한 평가가 종결되어서가 아니라 아마 다른 이유가 있다고 봐야겠지요. 평가 행위는 어떻든 주체의 정신을 드러내는 일이고 이 점에서 이해의 행위와 마찬가지로 주체의 실존이 얹히는 행위지요. 여기에서 인문학의 의미를 발견하는 사람도 있을 수 있지만 이를 부담스럽게 생각하는 사람도 있을 수 있지 않을까요? 가치를 묻는다는 일은 결국 자신을 드러내는 행위니까요. 현상 분석이나 실증은 전연 그렇지 않지 않습니까? 하지만 통합인문학에서는 가치에 대한 물음을 비켜 가지 않으며 가치의 문제를 본원적인 것으로 간주합니다.

분자 — 생각해 보니 인문학은 다른 학문과 달리 내가 어떻게 살아야 하는가 하는 문제, 즉 가치 있는 삶이 어떤 것인지를 궁구하는 데 그 본령이 있으므로 가치에 대한 제반 물음을 피해 갈 수 없을 듯하군요.

통자 — 텍스트의 이데올로기성이나 그에 기반한 미적 가치 역시 비판을 통해 해명될 수 있습니다. 그리하여 신분, 계급, 민족, 인종, 젠더 등의 개념 및 이런 개념에 바탕을 둔 비판적 관점이 텍스트를 새로운 층위에서 해석해 낼 수 있게 합니다. 가령 문호 연암(燕巖) 박지원(朴趾源, 1737~1805)이 쓴 「우상전」(虞裳傳)은, 뛰어난 재능을 지닌 문인이었지만 중인이라는 신분 때문에 불우하게 살다 20대에 생을 마친 우상(虞裳) 이언진(李彦瑱, 1740~1766)의 죽음을 슬퍼하고 그를 기리기 위해 창작된 것으로 알려져 있습니다만, 이데올로기비판적 관점으로 이 작품을 보면 전연 새로운 의미를 읽어 낼 수 있습니다. 박지원이 텍스트에서 분식(粉飾)한 것, 그리고 은폐하고자 한 것은 이해의 행위를 통해서는 결코 알 수 없습니다. 신분 혹은 계급적 관점에서 텍스트를 비판적으로 음미해야만 비로소 이런 숨겨진 의미의 층위가 드러나게 되니까요. 이데올로기 비판을 제대로 하려면 문학, 사상, 역사, 정치, 사회, 문화의 서로 얽혀 있는 복잡한 양상들을 읽어 내지 않으면 안 됩니다. 이 점에서 이데올로기 비판은 그 자체가 통합학문적 속성을 갖는다고 말할 수 있습니다.

분자 — 그렇다면 이해와 비판은 서로 보완적이기만 한 것이 아니라 내적 모순에 봉착할 수도 있을 듯하군요. 그렇지 않습니까? 만일 「우상전」을 이해의 관점에서만 본다면 박지원의 언술을 쭉 따라가며 이해하려는 태도가 주가 되지 않겠습니까? 그럴 경우 텍스트의 숨겨진 층위는 드러날 수가 없게 되겠지요. 만일 비판의 관점에서만 본다면 우리는 박지원의 언술을 의심하며 언술된 것 이면의 의미에 좀 더 주목할 수밖에 없게 되고 그럴 경우 이해는 불가피하게도 약화될 수밖에 없지 않을까요?

통자 — 그렇습니다. 그런 면이 있을 수 있습니다. 이해와 비판은 텍스트의 종류와 양상에 따라 그 중요도가 달라질 수 있을 터입니다. 어떤 텍스트는 좀 더 이해가 요청되는 반면 어떤 텍스트는 좀 더 비판이 요청될 수 있겠지요. 그렇기는 하나 일반적으로 말해 비판에서 이해로 나아가기보다는 이해에서 비판으로 나아가는 쪽이 자연스럽지 않을까 합니다. 그러면 어느 정도 이해와 비판이 균형을 잡을 수 있지 않을까요.

분자 — 비판도 이해의 한 과정으로 볼 수는 없을까요?

통자 — 이해 행위의 규정에 비판 행위를 포함시킨다면 그리 볼 수 있겠지요. 하지만 저는 일단 이해 행위와 비판 행위를 범주적으로 구분해 보고 있어요. 그럴 경우 이해 행위와 비판 행위는 각각 별개의 정신적 행위로서 상호보완적으로 작용하면서 진리를 현시한다고 해야겠지요.

분자 — 비판은 비평과도 연결되나요?

통자 — 통합인문학과 관련해 제가 말하는 '비판'이라는 개념은 '비평'이라는 개념보다 훨씬 근원적이고 포괄적인 것입니다. 그러니 비평이 그 속에 포함될 수 있습니다. 『순수이성비판』을 비롯한 칸트의 3비판서는 '비판'이라고 하지 '비평'이라고는 하지 않습니다. 독일어 Kritik이나 불어 critique는 비판이라는 말로도 번역될 수 있고 비평이라는 말로도 번역될 수 있습니다. 칸트는 비판이란 모든 인식에 관한 이성 능력 일반을 말한다고 했습니다. 칸트의 이 규정을 통해 '비판'이 인간 이성의 행위에 해당함을 알 수 있습니다. 물론 오늘날 우리가 쓰고 있는 비판이라는 개념과는 좀 차이가 있지만 말입니다. '비평'에 대해 이야기하면 작가-텍스트-독자(수용자), 이 3자의 관계에 대한 논의가 불가피해지고 그러면 이야기가 쓸데없이 길어지게 될 것 같으니 안 하는 게 좋을 듯합니다.

분자 — 칸트를 생각한다면 '비판'이라는 말을 함부로 쓰는 건 미안한 일이군요.

통자 — 칸트는 스스로 주체의 과잉을 경계하면서 비판 행위를 통해 이성에 의한 이성의 탐구를 꾀했지요. 그리하여 '내 마음 속의 도덕 법칙'을 규명했습니다. 동시대의 사상가 홍대용은 학자는 모름지기 긍심(矜心), 승심(勝心), 이심(利心), 권심(權心)을 가져서는 안 된다고 했습니다. '긍심'은 뽐내는 마음, 즉 잘난 체하는 마음을 말하고, '승심'은 남을 이기려는 마음을 말하며, '이심'은 이익을 꾀하는 마음을 말하고, '권심'은 권력자의 주위를 맴돌며 그에 빌붙으려는 마음을 말하지요. 비판 행위에서는 특히 긍심과 승심을 경계해야 하지 않나 합니다. 누군들 이것이 없겠습니까마는 그것을 극복해 가는 것이 진정한 학문의 길이라고 생각합니다.

분자 — 나르시시스트와 부끄러움을 모르는 사람은 진정한 학자가 되기 어렵겠군요. 그런데 통합인문학은 비판을 중시하니 '비판의 자유'를 적극 옹호하겠네요?

통자 — 무릇 비판의 자유는 학문의 필수적 조건입니다. 그것이 없거나 충분하지 않으면 학문은 정상적으로 수행될 수 없습니다. 한국은 근대를 맞자마자 일제에 강점되었고 해방 후에는 분단과 냉전 체제의 모순 속에서 오랫동안 전체주의의 지배를 받았습니다. 그 후유증은 아직도 완전히 극복되지 않고 있습니다. 문제는 이 시기에 우리 학문에 비판의 족쇄가 물려 비판적 사유가 억압되어 왔다는 점입니다. 사유에서 비판이 소거되거나 거세된 상황을 한번 상상해 보세요. 온전한 사유가 가능하겠습니까? 특히 응용 학문이 아니고 순수 학문에 속하는 인문학과 같은 학문에서 비판과 사유는 떼려야 뗄 수 없는 관계에 있습니다. 더구나 한국은 분단 상황의 특수성 때문에 사상의 자유가 크게 침해받아 왔습니다. 이 때문에 근대 한국의 학문에서 비판의 자유는 사상의 자유와 맞물려 있지요. 전근대 시기에도 학문적 비판의 자유는 봉쇄되어 있었거나 극도로 제한되어 있었습니다. 조선 후기의 학자 윤휴(尹鑴, 1617~1680)는 주희(朱熹, 1130~1200)의 경전 해석을 따르지 않고 비판적인 입장을 취했는데 이 때문에 사문난적(斯文亂賊)으로 몰렸습니다. '사문난적'은 학문을 어지럽히는 도적이라는 뜻입니다. 이래 갖고서야 어떻게 학문이 발전하고 새로운 사유가 양성(釀成)되겠어요. 조선이 망한 원인을 탐구해 들어가면 그 근저에 이런 문제가 있는 거지요. 이리 본다면 한국의 역사에서 학문적 비판의 자유가 그럭저럭 확보된 것은 이제 겨우 이삼십 년밖에 되지 않습니다. 사상의 자유는 여전히 제약이 없지 않고 이 점에서 온전하다고는 말하기 어렵습니다. 이리 생각해 오면 비판의 자유에 대한 옹호, 사상의 자유에 대한 옹호는 학문의 자유에 대한 옹호와 동의어가 됨을 알 수 있지요. 제가 한국의 선배 학자 가운데 홍대용을 특히 존경하는 것은 이분이 주자학만이 진리로 통용되던 그 엄혹한 시기에 스스로는 비록 주자학에서 출발했음에도 불구하고 중년 이후 사상의 자유, 비판의 자유를 위한 고투를 통해 당시 학문의 패러다임을 허물었다는 데 있지요. 경의를 표할 만한 놀라운 사실이 아닐 수 없지요. 인문학자 필휴(必携)의 비판적 사유의 힘, 그리고 거기서 말미암는다고 여겨지는 지적 담대함과 용기와 기백, 이 모두를 홍대용은 보여 줍니다. 통합인문학은 한국학에 즉해서 본다면 '통합한국학'이 되지요. 홍대용은 통합인문학 혹은 통합한국학에 이론적·실천적으로 많은 영감을 제공하며, 학문사적으로 그 출발점으로 삼을 만하다고 생각합니다.

분자 — 예, 그런 선배 학자가 우리에게 있다는 것은 큰 힘이 되고 격려가 되는 것 같습니다. 홍대용은 '공관병수'를 학문의 모토로 제시했다고 알려져 있는데 이는 진리 인식 내지 진리 규정의 문제와 연관되지 않겠습니까? 공관병수를 말하면 결국 '주자학만이 유일한 진리다'라는 테제에 대한 부정을 전제하게 되는 것이고 그렇게 되면 진리는 무엇이며 진리는 어떻게 규정되어야 하는가가 다시 물어져야 하게 되니까요. 선생은 홍대용이 한국학문사에서 통합인문학 내지 통합한국학의 원조가 될 만하다고 하셨는데, 그렇다면 통합인문학에서는 진리가 여하히 규정되는지 궁금하군요.

진리 규정과 통합인문학

통자 — 진리가 무엇인가를 둘러싸고 학자들 사이에 많은 논구가 있어 왔습니다. 서양에서는 그리스 철학자들 이래 근대에 이르기까지 많은 철학자들이 진리가 무엇인지 규정하고자 했습니다. 그리하여 스콜라 철학자들처럼 신에서 진리의 근거를 찾기도 하고, 데카르트(René Descartes, 1596~1650)처럼 명징을 진리의 기준으로 삼기도 하고, 칸트처럼 인식과 대상의 일치를 진리로 규정하기도 하고, 헤겔처럼 불변부동의 것이 아니라 부정을 매개한 변증법적 발전의 전체를 진리로 규정하기도 했습니다. 그런가 하면 하이데거는 진리를 인식의 문제에서 존재의 문제로 전회시켜 '감추어지지 않음'(Unverborgenheit)이 진리라고 했습니다. 이에 의하면 진리는 존재의 현현입니다. 하이데거의 진리관은 가다머(Hans-Georg Gadamer, 1900~2002)의 존재론적 해석학으로 수용됩니다. 한편 동아시아에서는 유교가 학문을 주도해 왔는데 유학의 창시자인 공자(孔子)는 진리가 무엇인가에 대한 규정보다는 어떤 진리를 어떻게 추구할 것인가 하는 문제에 골몰했습니다. 그리하여 유학의 학문 전통에서는 진리 추구에 있어 한편에서는 고거(考據)와 박물(博物)이 중시되고 다른 한편에서는 인격의 수양과 도야가 중시되었습니다. 고거와 박물은 사실 관계와 관련된 것이고, 수양과 도야는 삶의 실천과 관련된 것입니다.

하지만 여기서 동서양 학문사에서 개진된 진리에 대한 담론들을 더 이상 지리하게 자세히 논할 겨를은 없으니 그것들을 다소 참고는 하되 제 말을 하는 것이 좋을 듯합니다. 제 말이라고는 했지만 이것저것 선현들의 생각이 많이 들어와 있으며 그것들이 참합(參合)된 것임을 이해해 주십시오.

우리에게 지금 문제가 되고 있는 것은 인문적 진리, 즉 인문학에서의 진리입니다. 인문적 진리는 본질상 자연과학적 진리와 다릅니다. 자연과학에서는 '실재성'이 중요시됩니다. 이 때문에 주체와 객체는 분리되며, 대상은 수량화됩니다. 자연과학은 대상과 세계에 대한 수리적(數理的) 파악에 기초해 있습니다. 이 기초 위에서 대상은 요소화되고 체계화되고 이론화됩니다. 이처럼 자연과학에서 진리란 실재하는 세계의 원리와 법칙입니다. 물론 토마스 쿤(Thomas Samuel Kuhn, 1922~1996)의 지적처럼 자연과학도 패러다임 속에서 진리가 추구되기에 하나의 패러다임이 허물어지면 진리도 바뀌게 되지만 그럼에도 실재하는 세계의 원리를 밝히는 것이 진리 추구라는 점에는 변함이 없습니다. 이와 달리 인문적 진리는 삶의 과정 속에 존재하며, 삶의 경험과 분리되지 않습니다. 삶은 주관과 객관의 혼융입니다. 이 때문에 인문적 진리는 자연과학적 진리와 달리 주관과 객관이 딱히 분리되지 않으며 둘의 관계가 늘 문제시됩니다.

인문적 진리는 크게 다음의 세 가지 층위를 상정할 수 있습니다. 그 하나는 사실 관계로서의 진리이고, 다른 하나는 구성된 진리이고, 또 다른 하나는 존재관련으로서의 진리입니다. 이 중 사실 관계로서의 진리는 보통 '진실'이라고 말하는 것으로서, 옳고 그름이 정해져 있고 분명합니다. 이 층위의 진리는 옳기도 하고 그르기도 하고 이런 것은 없습니다. 옳지 않으면 그른 것, 양자 중의 하나입니다. 가령 '이규보(李奎報, 1169~1241)의 「동명왕편」(東明王篇)은 이규보가 저술했다', 이건 사실 관계로서의 진리에 해당합니다. 누구나 이의를 제기하지 않고 인정합니다. 하지만 이 층위의 진리가 무조건 자명한 것은 아닙니다. 사실 관계가 가려져 있거나 착종되어 있거나 왜곡되어 있는 경우도 많습니다. 이런 경우 실증 내지 고증이 필요해집니다. 실증 내지 고증은 사실적 근거를 토대로 사실 관계를 밝히거나 바로잡거나 입증하는 일입니다. 「종북소선 자서」(鍾北小選自序)라는 글은 박지원의 문집 『연암집』(燕巖集) 속에 들어 있고 이 때문에 당연히 박지원이 쓴 글로 알려져 왔습니다. 하지만 최근 고증에 의해 이 글이 박지원의 글이 아니고 그를 종유(從遊)한 이덕무(李德懋, 1741~1793)의 글로 밝혀졌습니다. 이를 통해 사실 관계의 진리를 밝히는 데에는 고증이 중요함을 알 수 있습니다. 이 점에서 사실 관계의 진리는 '실증적 진리'라고도 부를 수 있습니다. 하지만 사실 관계의 진리는 단순히 고증만이 아니라 합리적 추론의 힘이 필요할 때도 있습니다. 이런 경우 사실 관계의 진리를 밝히는 것은 그리 쉽지 않습니다. 그렇기는 하나 비록 진리가 아직 확정이 되지 않았다 할지라도 진리가 어느 켠에 존재하고 있음은 분명합니다.

두 번째 층위인 구성적 진리는 시좌(視座)와 인식에 의해 진리가 결정됩니다. 이 점에서 사실 관계의 진리와는 전연 다릅니다. 구성적 진리는 설사 사실 관계와 전연 무관하지는 않다 할지라도 사실 관계의 진리처럼 옳고 그름이 정해져 있는 것은 아닙니다. 그것은 보는 입장에 따라 옳은 것일 수도 있지만 옳지 않은 것일 수도 있기 때문입니다. 이 점에서 구성적 진리는 '나' 혹은 '우리'의 존재 여건과 관련되어 있는 진리라고 말할 수 있습니다. 이 때문에 다른 존재 여건에 있는 '나' 혹은 '우리'와의 논쟁적 관계 속에 있을 수 있습니다. 가령 18세기의 역관 시인 이언진은 사대부와 대립된 존재 자리에서 미학과 시학을 구축하고 이를 미래의 삶에 대한 정치적 전망과 연결시켰습니다. 이언진이 구축한 미학과 시학은 이전에 없던 새로운 시좌에 의해 구성된 것입니다. 다시 말해 그의 존재 여건에서 새로운 진리가 구성된 것입니다. 이 경우 진리는 인식과 불가분적이며, 인식은 존재 여건의 결과입니다. 이언진의 예에서 알 수 있듯 구성적 진리는 헤겔이 말한 '자기의식'과 연결되어 있습니다. 그러므로 이 진리는 사회적 힘의 역학 관계가 문제시되고 힘'들' 사이의 투쟁이 문제시됩니다. 그러므로 자기의식과 그에 기반한 투쟁에 의해 '인정'이 획득되기 전까지는 진리는 비진리의 영역에 머물게 됩니다. 하지만 인정이 획득되면 비진리는 새로운 진리로 편입될 수 있습니다. 하지만 이 경우에도 진리는 하나이기만 하지 않고 '모순' 관계 속에 복수의 진리가 공존할 수 있습니다. 입장과 존재 여건이 단일하지 않기 때문입니다. 예컨대 신분이나 계급 문제, 젠더 문제 같은 것이 대표적입니다. 또한 인간에 대한 전망, 삶에 대한 전망, 자연에 대한 전망 같은 것도 구성적 진리일 수 있습니다. 그러나 복수의 진리로 존재할 수 있는 구성적 진리가 늘 상대적인 것만은 아닙니다. 모순을 매개해 운동하고 있는 여러 진리들은 그 전체로서 진리이나 궁극적으로는 지양되고 종합되기 때문입니다.

세 번째 층위의 진리인 존재관련으로서의 진리는 '나'와 타자, 존재와 존재의 관계성 속에 존재하는 진리입니다. 존재관련은 '나'와 '너', 주체와 타자가 각각 서로를 열고 서로를 영접할 때 이룩되는 관계입니다. 존재관련에 이르기 위해서는 존재와 존재 사이에 상호 신뢰와 상호 존중은 물론이려니와 정서적 유대와 정신적 공감, 심미적 교감이 필요합니다. 뿐만 아니라 존재관련은 두 존재가 이해관계를 넘어서서 관계를 맺을 때에만 가능합니다. 그러므로 존재관련으로서의 진리는 삶의 구체적 경험으로서의 진리에 해당합니다. 이 진리는 첫 번째 층위의 진리와 달리 고정되어 있는 것이 아니며, 두 번째 층위의 진리와 달리 투쟁적이거나 대립적인 성격의 것이 아닙니다. 이 진리는 기본적으로 '이해'를 토대로 삼기에 주체의 깊이와 변화에 따라 더욱 드러날 수도 있고 더욱 깊이 포착될 수도 있습니다. 그러므로 이 진리는 단지 해명되는 것이 아니며 '경험'되는 것입니다. 경험을 통해 나의 존재성은 확장되고 나와 대상이 함께합니다. 이 점에서 이 세 번째 층위의 진리에서는 이해 자체에 진리성이 담지되어 있다고 말할 수 있습니다. 이해하는 만큼 나는 존재하게 되며, 늘 새롭게 현현하는 진리를 통해 나는 새로운 존재로 변화하게 됩니다. 이런 의미의 진리는 늘 자아를 스스로 확장하고 일신(日新)시키는바, 이 점에서 진리 추구는 '수행적'인 행위로서의 의미를 갖게 됩니다. 그래서 단순히 진리는 진리이고 나는 나, 이런 관계가 아니라 내가 진리 속에 거하게 되고 진리가 내 속에 들어오는 그런 관계가 만들어집니다. 이 점에서 존재관련으로서의 진리는 '실존적 진리'라고도 말할 수 있을 터입니다. 예를 하나 들어 볼까요. 18세기의 문인화가 능호관 이인상이 쓴 산문 중에 「종강(鐘崗) 토지신에게 또다시 고하는 글」(又告鐘崗土地神文, 『雷象觀藁』 제5책)이 있지요. 이인상은 만년에 지금의 서울시 중구 명동의 북단재에 새로 집을 지은 뒤 토지신에게 이 사실을 고하기 위해 이 글을 지었습니다. 이 글에서 이인상은 자신이 집터를 닦느라 토맥(土脈)을 상하게 하고 헌 집을 부수느라 옛 승묵(繩墨)을 다 버린 잘못을 범했으니 신명께서는 부디 저의 미혹함을 깨우쳐 달라고 하면서 이렇게 간구하고 있습니다. "자손에게 이르기까지 우직함을 지키고 배움을 독실히 하여 하늘이 내린 직분을 좇아 이 언덕을 욕되게 하지 않고 방 귀퉁이에서도 부끄럽지 않게 하여 일찍 일어나고 소박한 음식을 먹으며 도(道)를 지켜 큰 복을 누리게 해 주십시오." 이인상은 새 집을 짓느라 토맥을 상하게 하고 헌 집을 부순 일에 대해 편치 않은 마음과 미안한 마음을 토로하고 있습니다. 그래서 아무쪼록 이 집에서 성실하고 소박하고 부끄럽지 않고 도에 합치되는 삶을 살겠노라고 다짐하고 있습니다. 우리는 이 글을 쓴 이인상에 대한 이해를 통해 인간이 갖추어야 할 '염치'와 '개결함'과 '삼감'의 태도를 접하게 됩니다. 그리하여 염치, 개결함, 삼감을 하나의 진리로 경험하게 되며, 이 경험을 통해 나의 자아, 나의 존재성을 확장하게 됩니다. 이해를 통해 한갓 지식만이 확충되지 않고 좀 더 확장되거나 뚜렷이 된 삶의 의미와 전망을 새로이 얻게 되는 것이지요. 이것은 종내 가치의 문제와 연결됩니다. 이해는 결국 삶의 문제이기 때문입니다. 어떻게 살아야 하는가? 어떤 삶이 의미 있는가? 인간은 어떤 존재인가? 이인상이라는 대상과의 만남에서 '나'는 이런 물음을 묻게 되는 것입니다. 존재와 마주함으로써 물어진 이 물음을 통해 나는 진리를 새롭게 경험하고 그 속에 거하게 됩니다.

이인상은 그림그리기를 잘했고 글씨쓰기도 잘했습니다. 이인상이 그린 그림 속의 나무들은 모두 꼬장꼬장하고 골기(骨氣)가 있습니다. 그의 대표작의 하나인 〈설송도〉(雪松圖)는 눈을 맞은 채 꿋꿋이 서 있는 두 그루 노송의 자태를 담고 있습니다. 그리고 그가 즐겨 쓴 팔분 예서와 전서는 모두 소박하고 꾸밈이 없되 깨끗하고 꼿꼿한 자태를 보여 줍니다. 우리는 이인상의 그림이나 글씨와 마주할 때 고결함이라든가 초연함이라든가 꿋꿋함이라든가 담백함과 같은 가치를 경험하게 됩니다. 이 경우 가치는 곧 진리의 현현이라 할 수 있을 터입니다. 존재와 존재의 마주함이 진리의 현시(顯示)를 낳은 것이지요.

또 다른 예를 하나 들어 봅니다. 이덕무의 『종북소선』은 박지원의 산문에 평을 붙인 책입니다. 이덕무는 이 비평 행위를 통해 박지원과 고도의 지적·예술적 대화를 나누고 있습니다. 이 경우 대화는 마주한 두 정신의 교류입니다. 두 정신이 마주하여 깊은 사유와 교감을 나누고 있는 것입니다. 이덕무와 박지원이 주고받는 이 대화는 본질상 우정을 나누는 행위였습니다. 두 사람이 펼친 우정의 나눔이란 한 존재가 자신의 경계를 허물고 다른 존재에게로 나아가는 행위이며, 이를 통해 두 존재가 평화롭고 화락하게 어우러지는 행위입니다. 이 행위는 사랑의 한 독특한 방식입니다. 우리는 『종북소선』과 마주함으로써 우정, 유대, 사랑의 가치를 경험하게 되고, 이들 가치에서 진리성을 발견하게 됩니다. 이 진리성은 그저 주어지는 것이 아니라 나에 의해 발견되고 경험되는 것이라는 점이 본질적으로 중요합니다. 그것은 늘 고정적인 실체로서 거기 있는 것이 아니라 나와의 대화를 통해, 나와의 교섭을 통해, 비로소 현전(現前)하는 것입니다. 이런 몇 가지 예에서 잘 드러나듯 이 세 번째 층위의 진리는 문학과 예술에서 특히 잘 담보된다 할 것입니다.

분자 — 인문학에서 진리란 삶과 떼어 내어 생각할 수 없다는 취지의 말씀에 퍽 공감이 갑니다. 사실 관계로서의 진리는 실증적 맥락이 중요한 것 같고, 구성적 진리는 사회적 맥락이 중요한 것 같으며, 존재관련으로서의 진리는 실존적 맥락이 중요한 것 같군요. 근데 이 세 층위간에 혹 고하(高下)가 있습니까? 그리고 이 세 층위가 통합인문학과 어떤 관계에 있는지 궁금하군요.

통자 — 사실 관계의 진리는, 물론 그 역시 중요하지 않은 것은 아니지만, 아무래도 낮은 심급의 진리에 해당한다고 봐야겠지요. 구성적 진리와 존재관련으로서의 진리는 심급의 높낮이를 말하기 어려습니다. 다만 구성적 진리는 좀 더 이성에 의해 인도되는 것인 반면, 존재관련으로서의 진리는 이성과 감성, 이 양자의 통합된 힘에 의해 인도된다는 차이가 있는 듯하군요. 그러므로 인문학이 만일 주로 사실 관계의 진리에 천착하는 경향을 보인다면 그건 올바른 방향이라고 하기 어렵고, 보다 중요한 인문학 본연의 과업과 책임을 간과하거나 무시하고 있다고 해야겠지요. 그건 인문학으로서는 위험한 상황입니다. 분과학문은 세 가지 층위의 진리 중 첫 번째와 두 번째에 주로 관심을 갖습니다. 이와 달리 통합인문학은 세 층위 모두에 관심을 갖되, 두 번째 층위의 진리를 드러내거나 해명하는 데 있어 분과학문보다 좀 더 유리한 여건에 있지 않나 생각됩니다. 왜냐하면 통합인문학은 통합적 방법을 견지하기에 사상(事象)을 좀 더 총체적으로 파악할 수 있기 때문입니다. 특히 신분이나 계급이나 젠더나 생태주의 등과 관련된 의제는 그 자체가 통합적 성격을 갖고 있거든요. 한편 세 번째 층위의 진리는 근대 분과학문에서는 낯선 것입니다. 분과학문은 주체와 대상을 분리하니 당연합니다. 이 층위의 진리는 전근대 시기 동아시아의 전통 학문에서는 아주 중요시되었습니다. 이 점에서 통합인문학은 근대에 와서 망각된 전통 학문의 어떤 면모를 새롭게 계승하는 의의가 없지 않습니다. 요컨대 통합인문학은 두 번째와 세 번째 층위의 진리 추구 양상에서 분과학문과 구별되며 그중에서도 특히 세 번째 층위의 진리에 대한 문제의식은 분과학문에서는 발견하기 어려운 것이라고 해야겠지요

분자 — 지금 통합인문학의 진리관을 들어 보니 통합인문학은 단지 방법의 문제만이 아닌 것 같군요. 저는 통합인문학이 하나의 방법론이 아닌가 생각했거든요. 근데 지금 말씀을 쭉 들어 보니 단순히 방법의 문제가 아니라 그것을 넘어서는 어떤 새로운 학문 기획이 있는 것 같습니다. 기존의 학문론과는 그 전제와 전망이 다른 느낌입니다. 근데 지금 이런 학문론이 요청되는 이유는 뭔가요?

통자 — 한 모퉁이를 들어 보이면 세 모퉁이로 응답하는 사람이 있다는 말을 듣기는 했지만 아직 본 적은 없는데 오늘 그런 분을 뵙게 되는군요. 통합인문학은 방법이면서 동시에 존재론입니다. 이 둘이 변증법적으로 결합되어 있음이 통합인문학의 고유한 특징입니다. 방법적으로 볼 때 통합인문학이 말하는 '통합'은 몇 겹의 중층적 의미를 갖고 있으니, 첫째는 분과의 통합이고, 둘째는 주체와 객체의 통합이며, 셋째는 이성과 감성의 통합이고, 넷째는 이해와 비판의 통합입니다. 이 점은 이미 앞에서 충분히 언급한 듯하니 여기서는 존재론적 면모에 국한해 말씀드리는 게 좋겠습니다.

통합인문학은 삶을 분절적이거나 요소적으로 이해하는 것을 지양하고 가능한 한 총체적으로 이해하고자 하는데, 이는 존재론적 입장과 관련이 있습니다. 즉 통합인문학은, 존재는 총체적 연관 속에 있는바 이 총체적 연관을 이해하지 않고서는 존재의 본질에 온전히 다가갈 수 없다는 존재론에 기초해 있습니다. 통합인문학은 이해와 비판, 이 둘을 통해 대상의 본래면목에 다가간다고 앞에서 말한 바 있지요. 그런데 이 둘은 존재론으로 수렴됩니다. 이해와 비판을 통한 대상의 본래면목의 현시는 자아의 갱신과 변화를 낳음으로써 '나'라는 존재의 존재성을 확장하거나 심화하게 됩니다. 주체와 객체의 통합, 대상과 삶의 통합이라는 통합인문학의 방법이 결국 존재론으로 연결되는 것입니다. 이처럼 통합인문학에서 방법과 존재론은 딱히 구분되지 않으며, 방법이 존재론으로 이어지고 존재론이 방법으로 이어집니다.

통합인문학에서는 인식의 심화와 확대가 존재의 변화와 확장을 야기하는데, 존재의 확장은 곧 삶의 확장을 의미합니다. 이 점에서 통합인문학에서 말하는 '삶'은 단지 인식과 조망의 문제이기만 한 것이 아니라 '스스로 살아감'의 문제이기도 합니다. 삶이 대상에만 귀속되지 않고 '나'에게도 귀속된다는 뜻이지요. 대상과 내가 연결되어 있으니 그럴 수밖에 없습니다. 그러므로 지식은 앎의 문제에 그치지 않고 삶의 문제가 됩니다. 이에서 실천과 윤리의 문제가 제기됩니다. 통합인문학의 존재론은 결국 실천론 및 윤리학과 연결되는 거지요. 통합인문학에는 이해와 비판의 과정 그 자체에 이미 실천과 윤리의 단초가 내포되어 있다고 할 것입니다.

그러므로 통합인문학에서는 진리나 윤리가 학문의 '밖'이 아니라 학문의 '안'에 있으며, 나의 외부가 아니라 나의 내부에 있습니다. 그리하여 학자로 하여금 그 내면을 점점 더 풍성하게 만들고, 인격적으로 더욱 더 향상된 인간으로 나아가게 하며, 그 정신과 의식을 점점 더 높은 방향으로 이끕니다. 이렇게 되면 학자는 다시 본연의 책무와 자리를 되찾게 되고, 학문은 다시 세상을 맑게 하고 세상이 나아갈 길을 비추는 빛이 될 수 있을 것입니다.

앞서 현재 학문의 상황과 그를 둘러싼 환경에 대해 이야기를 많이 나눴지만, 디지털 자본주의 문명에 접어든 지금 학문 스스로의 일대 혁신이 없다면 학문 자체의 입지도 위태롭거니와 인류 사회 역시 아주 위태로워지리라 생각됩니다. 통합인문학은 이런 상황 판단과 위기의식에서 제론(提論)된 것이지요. 그러므로 통합인문학 담론은 현 상황을 학자 스스로의 힘으로 적극적으로 타개하면서 학문과 삶과 존재 전반에 대한 새로운 모색을 꾀하는 하나의 세계관적 기획으로서의 의의를 가질 수 있지 않을까 합니다.

분자 — 방법이 존재론에 의해 담보되고 존재론이 방법에 의해 구현되는 게 통합인문학의 고유한 특징이군요. 정말 이렇게만 될 수 있다면 새로운 학문의 길이 열릴 뿐만 아니라 학문 행위를 통해 대안적 삶의 가능성을 옹호하거나 뒷받침하거나 모색해 나갈 수 있으리라 기대됩니다. 하지만 현실을 돌아보면 학문의 융복합이나 통합을 말하는 분들은 대개 구호만 요란하고 말만 앞설 뿐 스스로 학문 행위를 통해 의미 있는 뭔가를 보여 주지 못하고 있어 이 담론이 시류에 편승한 일종의 유행이 아닌가 싶은 의심이 들기도 합니다.

통자 — 학문은 학문으로 말할 뿐입니다. 그 점에서 엄정한 행위입니다. 학문 행위 자체를 통해 뭔가를 보여 주어야지, 수사나 구호로 될 문제가 아닙니다. 그래 갖고서는 정당성이 확보될 수 없으니까요.

분자 — 그렇지요. 학문은 브로커나 모리배의 일이 아니니까요.

통자 — 제가 통합인문학에 대해 한참을 말했지만 만일 통합인문학을 한다고 뽐내기만 하며 비빔밥은커녕 꿀꿀이죽을 만든다면 차라리 안 하느니만 못하다고 해야겠지요. 세상일에는 늘 속화(俗化)가 있게 마련이니 아무쪼록 이 점을 경계해야 할 테지요.

분자 — 오늘 선생의 말씀을 들으니 눈이 싸해지는 느낌이 드는 한편 가슴에 돌무더기가 쌓인 것처럼 침중한 기분이 되는군요. 지금 제가 하고 있는 학문에 대한 반성과 더불어 앞으로 어떻게 해야 하나 하는 막막함 때문이 아닌가…….

분자는 미처 말을 끝내기도 전에 갑자기 꿈에서 깼다. 무슨 용을 그리도 썼는지 온 몸이 땀범벅이었다. 아마 혼신의 힘을 다하여 집중해 이야기를 나눈 때문인 듯했다. 창밖을 보니 어둠 속에 높다란 나무가 눈을 가득 맞고 서 있었다. 분자는 아쉬움과 착잡함이 교차해 다시 잠들지 못한 채 이런저런 생각을 그리도 하며 뜬눈으로 밤을 지새웠다.

제2부

21세기에 국문학 연구가 가야 할 길

통합인문학으로서의 한국학

학문, 삶, 글쓰기

디지털 시대의 학문하기

21세기에 국문학 연구가 가야 할 길

국문학 연구는 20세기에 들어와 근대 학문으로 성립되었습니다. 이 한 세기 동안 국문학 연구는 많은 진전을 이룩했습니다. 새로 시작될 세기에도 국문학 연구는 계속 발전해 가리라 믿습니다. 그러나 새로운 세기의 국문학 연구는 어려움도 적지 않으리라 생각됩니다. 저는 미래의 국문학 연구가 직면하게 될 위기를 극복하기 위해서는 다음의 몇 가지 점들이 심중하게 고려되어야 하지 않을까 생각합니다.

첫째, 현재의 국문학 연구가 보여 주는 즉물화(卽物化), 사물화(事物化) 경향입니다. 국문학 연구는, 다른 학문 분야와 마찬가지로 전문화·세분화되다 보니 학문을 위한 학문, 동업자들끼리의 학문으로 좁혀지는 경향이 있습니다. 어떻게 보면 국문학 연구는 국문학 연구자의 자기만족을 위해 존재하는 것처럼 보일 때도 있습니다. 국문학 연구는 다시 '인간'의 문제,

'삶'의 문제를 그 중심 화두로 복원해야 하지 않을까 생각합니다. 그럴 때에만 국문학 연구는 인문학의 한가운데로 들어갈 수 있을 것입니다.

둘째, 학문적 엄밀성의 문제입니다. 학문은 엄밀성이 생명입니다. 모든 심오한 사유는 엄밀성 위에서만 빛을 발합니다. 그 점에서 학자의 작업은 명품을 꿈꾸는 장인의 작업과 완전히 일치한다고 저는 생각합니다. 그런데 바로 이 학문적 엄밀성이 지금 대단히 위협받고 있습니다. 선학들이 지녔던 미덕인 자료에 대한 '강박증' 같은 것은 이제 찾아보기 어려우며, 대강 읽고 대강 쓰는 것이 새로운 미덕으로 자리 잡아 가고 있는 것처럼 보입니다.

셋째, 정성스런 마음의 부족입니다. 국문학 연구는 문학에 대한 연구입니다. 문학은 삶과 마찬가지로 기계적이거나 이항대립적(二項對立的)이거나 도식적으로 이해될 수 없는 어떤 것이라고 저는 믿습니다. 그런데 오늘날의 국문학 연구는 이상하게 이런 방향으로 흘러가고 있는 게 아닌가 하는 의구심을 갖게 됩니다. '기계적'인 태도에서는 인간의 깊은 내면에서 우러나오는 '감동'이라든가 '애정'이라든가 '따뜻함' 같은 것을 발견할 수 없습니다. 저는 이것이 국문학 연구자가 정성스런 마음을 잃어버렸기 때문에 생긴 결과라고 생각합니다. 국문학 연구자에게 요구되는 정성스런 마음은 진지하고 사려 깊은 마음과도 통하는 것입니다. 자료와 작가와 작품을 대하는 지극하고 정성스런 마음, 새로운 세기의 국문학 연구자는 이런 마음을 회복해야 하지 않을까 합니다.

넷째, 자기중심성의 극복입니다. 국문학 연구는 현재 여러 영역으로 분화되어 있습니다. 분화는, 연구를 심화시킨다는 점에서 좋은 점도 있지만, 협소한 자기 영역에의 안주를 낳고, 자신이 부분으로 포함되는 더 넓은 '전체'에 대한 공부와 관심을 차단하기도 한다는 점에서 대단히 심각한 문제가 있습니다. 영역을 둘러싼 소아적이거나 자기중심적인 태도는 결국 모든 국문학 연구자의 지적 수준의 저하를 초래할 것이 분명합니다. 따라서 이 문제에 대한 발상과 태도의 전환이 필요합니다. 기본적·공통적으로 요구되는 공부를 인정하고, '전체'와의 대화를 부단히 꾀해야 한다고 봅니다. 그리고 전체는 다시 다른 전체, 다시 말해 국문학 이외의 학문 분과와 부단히 대화를 주고받는 태도가 필요합니다. 뿐만 아니라, 국문학에 있어 자기중심성의 극복은 국문학과 외국 문학의 관계에서도 필요하다고 봅니다. 이 점에서 자기중심성이란 '주체성'과는 다릅니다. 진정한 주체성이 타자(他者) 역시 하나의 주체로 인정하는 '상호주체성'을 지향한다면, 자기중심성은 타자에 대한 진정한 이해와 배려를 결여하고 있기 때문입니다.

다섯째, 오늘날 국문학 연구는 '사유', '가치', '비판', '정신' 등과 같은 인문학의 핵심적인 개념들을 잃어버린 듯한 느낌이 듭니다. 아마도 시대의 풍기(風氣)로부터 국문학 연구 역시 자유롭지 못하기 때문이 아닌가 싶습니다. 그러나 이 개념들을 소거해 버릴 경우 국문학 연구는 '인간'을 배제한 채 즉물화(卽

物化)로 치닫고 말 것입니다. 즉물화는 단순성, 얄팍함, 자기 소외, 경박함으로 이어집니다. 국문학 연구가 이런 방향으로 간다면 대단히 불행한 일일 것입니다. 그것은 사실 국문학 연구만의 불행에 그치지 않고 훨씬 더 큰 불행과 연결된다는 점에서 문제입니다. 국문학 연구가 이런 방향으로 가는 것을 막기 위해서는 인문학의 핵심적인 문제들과 씨름해야 하며, 인간의 정신 및 삶과 관련한 '근본적'인 물음들을 간단없이 되묻지 않으면 안 된다고 생각합니다.

금세기에 한국인은 식민지와 분단, 독재의 고통을 겪었습니다. 우리의 선학과 선배들은 이 과정에서 많은 어려움을 겪으면서도 국문학 연구를 통해 민족적 가치를 옹호하고 민주주의의 실현을 위해 노력했습니다. 그러나 금세기에 우리 민족이 겪은 고통의 후유증은 아직도 가시지 않고 있을 뿐 아니라 그에 더해 천민적(賤民的) 자본주의가 야기한 새로운 폐단들이 많은 문제를 낳고 있습니다. 가치의 혼란, 공동체적 삶의 붕괴, 전통과 자기 정체성의 상실 등에서 그 점을 확인할 수 있습니다. 우리의 선학과 선배들이 그러했듯, 새로운 세기의 국문학 연구자들은 자기 시대의 과제를 외면하지 말고 그와 치열하게 싸우는 과정에서 국문학 연구를 더욱 높은 단계로 발전시켜 가야 하리라 생각합니다.

1950년대에 태어난 저는 20세기에 깊이 '연루'되어 있으며, 따라서 '20세기적 인간'이 아닐까 생각합니다. 그러나 21세기는 결코 20세기와 분리해 생각할 수 없을 것입니다. 그 점에서 저는 새로운 시대로의 이행을 위해 스스로 분투할 것이며, 그런 모색과 고민을 하는 후배들과 함께하고자 합니다.

바쁘신데도 불구하고 저를 축하해 주기 위해 이 자리에 왕림하신 존경하는 여러 선생님들과 선후배들께 제 진심의 일단을 피력하는 것이 수상자로서의 도리가 아닌가 싶어 평소의 제 생각을 말씀드렸습니다. 너그러이 헤아려 주실 줄 믿습니다. 감사합니다.

통합인문학으로서의 한국학

1. 한국학 연구의 대체적 경과

한국학은 1920년대 이후 근대적 학문으로 성립된바, 그 전개는 크게 해방 이전과 이후로 나누어 볼 수 있다. 해방 이전에는 이른바 '조선학'(朝鮮學) 내지 '국학'(國學)이라는 문제의식 하에 국문학, 국어학, 국사학, 민속학, 철학 등등에 대한 연구가 수행되었다. 이 시기에는 두 부류의 학자가 있었다. 하나는 경성제국대학이나 일본에 있는 대학에서 수학함으로써 근대 학문 방법론의 세례를 받은 학자군(學者群)이고, 다른 하나는 한국의 전통적 학문 방법론, 특히 조선 후기 실학 계열의 학문 의식을 계승·발전시킨 학자군이다. 이 둘은 각각 장단점이 있었으니, 전자는 실증성, 논리적 엄격성, 학문적 체계성이 강점인 반면, 분과학문을 강조한 결과 학문 간의 상호 소통을 점점 닫아 간 폐단이 있고, 후자는 논리적 엄격성과 체계성은 상대적으로 떨어지지만, 그 대신 문학·역사·사상(철학)·언어·민속·문화를 딱히 분리시키지 않고 가능한 한 서로 연관시켜 이해하려는 태도를 갖고 있었다는 점이 장점일 터이다.[1]

해방 이후 이 두 부류의 학자들은 대개 대학 강단에 서게 되었고, 이로써 두 부류의 학문 경향이 대학의 학문 제도 속에서 융합할 수 있는 기회가 온 듯했다. 하지만 실제 현실은 그렇지 못했으니, 분과학문의 울타리가 보다 높아지고 학문 분과 간의 폐쇄성이 점점 더 강화되는 방향으로 나아갔다고 보인다. 이 점에서, 만일 개별 학문 자체의 질적 수준을 논외로 한다면, 분과학문을 더욱 고착시키는 방향으로 나아간 해방 이후 한국의 학문 지형(地形)은 일제강점기 공간의 학문 지형에 비해 퇴보한 측면이 없지 않다.

한국의 학문은 4·19혁명을 분기점으로 자기 성찰력과 외연을 확대·심화할 수 있었다. 그리하여 1960년대 이래 한국의 학문은 저항적 민족주의 이념을 기반으로 '주체'(主體)에 대한 모색을 심화시켜 갔다. 이러한 경향은 권위주의 정권이 지배했던 1970년대와 1980년대에도 이어져 반독재 민주화의 기치 아래 민족적·민중적 문제의식의 한국학 연구가 진행되는 특징을 보였다.

1 편의상 전자를 '국학1', 후자를 '국학2'라고 할 수 있을 터이다. 이후 본고에서 국학이라고 할 때는 특히 '국학2'를 염두에 둔 것임을 미리 밝혀 둔다.

한국은 1987년 6월항쟁을 계기로 형식적·절차적 민주주의 체제가 일단 성립되었으며, 지금의 한국 사회는 그 연장선상에 있다. 1960년대에서 1987년 이전까지 우리 학문의 이념적 틀이 4·19에 의해 구축(構築)된 면이 있다면, 1990년대 이래 지금에 이르기까지의 한국학은 그와는 다른 면모를 보여 주고 있는바, 이러한 면모는 소위 '87년 체제'와 직접 간접으로 연관을 맺고 있다고 보인다. 그렇다면 다른 면모란 무엇인가? 무엇보다도 민족적·민중적 지향의 현저한 퇴조 및 민족적·민중적 지향에 대한 회의와 비판을 꼽을 수 있을 터이다. 또한 이 시기의 한국학은 역사의식 내지 정치의식, 나아가 계급적·비판적 문제의식의 소거 내지 약화가 두드러진다는 점, 이른바 거대 담론을 부담스러워하고 그 대신 아기자기하거나 미시적인 담론 방식에 대한 선호를 보여 준다는 점, 논리적 엄밀성보다는 이미지와 감성의 글쓰기를 추구하면서 학문의 대중화를 꾀하고 있다는 점 등등을 그 주요한 특성으로 거론할 수 있을 것이다. 뿐만 아니라, 이 시기의 학문은 1987년 이전의 학문이 민족적·민중적 가치 추구라는 문제의식 때문에 알게 모르게 억압하거나 배제하거나 홀시해 왔던 여타의 의제(議題)들, 가령 여성·환경·공동체적 억압·장애·소수자 등에 대한 새로운 성찰을 시도하고 있다는 점에서 획기적이다. 그러므로 이 시기의 학문은 어떤 점에서는 비판성을 상실했으면서도, 또 다른 점에서는 새롭게 비판적이다.

이처럼 1987년 이후의 한국학이 이전과는 다른 조짐과 양상들을 보여 주기 시작했으며 또 보여 주고 있다는 사실의 배경에, 한국 사회가 민주적으로 다원화되기 시작했으며, 거대 담론이 퇴조하고 그 자리에 포스트모더니즘의 다양하면서도 현란한 사조가 밀려들어 왔다는 점이 놓여 있음을 간과해서는 안 된다.

2. 무엇이 문제인가

앞에서 한국학이 근대 학문으로 성립한 이래 보여 준 몇 개의 변전(變轉)을 간략히 검토해 보았다. 그 변전은 다음과 같이 정리될 수 있다.

(1) 일제강점기의 한국학
(2) 해방 이후 4·19까지의 한국학
(3) 4·19 이후 1987년까지의 한국학
(4) 1987년 이후 현재까지의 한국학

(1)의 시기는 식민지 학문 제도에서 한국학이 분과학문으로 성립된 시기이면서 동시에 조선 후기의 실학이나 양명학, 고증학과 같은 전통적 학문 의식이 근대적인 방향으로 전환된 시기이기도 하다. 이 시기에 정초(定礎)된 분과학문으로서의 한국학은 (2)의 시기에 더욱 강화되었다. 한편, (3)의 시기

에 들어와 한국학의 정체성에 대한 고민과 물음이 진지하게 제기되긴 했으나, 한국학 연구의 분과학문적 모델에 대한 회의가 제기되지는 못했으며, 그 결과 이 시기의 한국학 역시 철저히 분과학문적 모델에 따라 수행되었다. 하지만 (4)의 시기는 조금 다르다. 이 시기는 여전히 분과학문적 모델이 대학의 교과과정과 학문 제도를 지배했다고 할 수 있으나, 일각에서 이 모델에 대한 회의와 문제 제기가 표출되었다. 이 시기에 이루어진 분과학문의 틀에 대한 회의와 문제 제기는, 그 사상적 연원을 따질 경우 대체로 포스트모더니즘과 연관이 있다. 그리하여 글쓰기에서 '횡단', 혹은 '경계 가로지르기'가 강조되었다.

(4)의 시기에 나타난 분과학문의 패러다임에 대한 회의는 큰 의미가 있는 것으로서, 주목할 필요가 있다. 그렇기는 하지만, 그 문제의식이 어디까지나 포스트모더니즘이라는 '외인'(外因)에 의해 규정되고 있다는 점에서 취약점을 갖고 있다고 판단된다. 물론 학문 발달, 그리고 학문적 사유의 전개에 있어서 외인(外因)과 내인(內因)은 모두 중요하며, 내인만큼이나 외인이 중요한 역할을 하거나, 심지어 내인보다 외인이 더 중요한 경우도 있다. 이런 점은 당연히 인정되어야 한다. 그렇기는 하지만, 근대 이래 한국의 학문사(學問史)는 자기 사유의 바탕 위에서 타자의 사유가 접맥되거나 음미되기보다는, 자기 사유 없음의 바탕 위에서 타자의 사유가 일방적으로 수용되어 자기 사유 없음의 빈자리를 메워 버린 형국으로 진행된 특징을 갖고 있는바, 이런 점에 유의한다면 한국에서의 포스트모더니

즘 수용 역시, 적어도 '자기'와 '타자'적 사유의 관계 맺기 방식 그 '자체'를 문제 삼을 경우, 이전의 행태와 본질적인 차이점은 없는 게 아닌가 생각된다. (4)의 시기에 이루어진, 분과학문의 지배적 틀에 대한 회의 위에서 이루어진 약간의 학문적(혹은 반半학문적[2]) 성과들이, 학문과 저널리즘의 경계선상에서 위태로운 곡예를 하고 있는 것처럼 여겨지는 것도 이 점과 무관하지 않을 것이다.

이처럼 (4)의 시기에 제기된, 자폐적으로 이루어져 온 분과학문의 한계와 문제점에 대한 지적은 그것대로의 의의를 갖고 있음에도 불구하고, 그것이 근대 그리고 근대 이전 시기 한국의 학문 전통 내지 학문 의식에 대한 성찰 및 자기 사유의 준비 없이 다분히 타자의 사유에 기대어 제기된 것이라는 점에서 취약성을 갖는다. 바로 이 지점에서 우리는 (1)의 시기에 하나의 '현실'로 분명히 존재했으되 이후 영향력을 상실하면서 급기야 우리의 시야에서 사라져 버린, 이른바 국학적 공부법과 공부 태도를 주목하게 된다.

2 '반학문적'이라는 말을 쓴 것은, 학문이 기본적으로 갖추어야 할 엄격성과 논리성이 부족함을 드러내기 위해서다.

3. '국학'적 공부법의 변증법적 갱신

일제강점기 국학의 본질은 식민주의적 동기에 따라 일본인에 의해 수행된 조선 연구[3]에 대한 대항 담론이라는 점에서 찾아야 할 터이다. 물론 '국학'이라는 용어는 일본 측 용어 '코쿠가쿠'를 상기시킨다는 점에서 그리 유쾌한 용어는 아니다. 그런 점이 있음에도 불구하고, 이 시기의 '국학'을 주목하는 이유는, 그것이 분과학문에 매몰되지 아니하고 문학·역사·사상·민속·문화·예술의 제 영역을 넘나드는 통합적 문제의식을 보여 주기 때문이다. 가령 위당(爲堂) 정인보(鄭寅普, 1893~1950)의 학문이 그 좋은 예다. 위당은 문(文)·사(史)·철(哲)·예(藝)가 근본적으로 분리되는 것이 아니라 서로 연결되는 것으로 봤던 한국의(혹은 동아시아의) 전통적 학문관 위에서 학문 행위를 수행했다. 위당의 학문은 특히 조선 후기 실학파 학자의 학적 태도와 일정하게 연결되어 있고, 이에서 확인되듯 국학이 보여 주는 통합적 인문학으로서의 면모는 그 연원을 조선 후기의 실학에서 찾을 수 있다. 기실 성호(星湖) 이익(李瀷, 1681~1764), 다산(茶山) 정약용(丁若鏞, 1762~1863), 담헌(湛軒) 홍대용(洪大容, 1731~1783), 혜강(惠岡) 최한기(崔漢綺, 1803~1875) 같은 실학 계열 학자의 공부법과 위학(爲學) 태

3 식민주의적 동기에 따라 연구가 이루어진 것은 일본인의 중국 연구인 '지나학'(支那學)도 마찬가지다.

도는 통합적 성격의 것이었다. 그들은 비단 문·사·철만을 통합적으로 공부하고 연구한 것이 아니요, 요즘 말로 한다면 인문학과 사회과학, 인문학과 자연과학을 회통(會通) 내지 참합(參合)시키는 방향으로 연구를 진행했다. 당대 조선 사회의 문제와 현실 모순을 해결하기 위해서는 이런 통합적 연구로 나아가지 않을 수 없었기 때문일 터이다. 다시 말해 '복잡계'(複雜系)로서의 현실을 해명하고 문제 해결의 대안을 마련하기 위해 학제적·통합적 연구는 불가피한 요청이었던 것이다.

해방 이후 지금에 이르기까지 한국 학계에서는 실학에 대한 숱한 연구가 이루어졌다. 그리고 적지 않은 학적 성과를 거두었다. 그렇기는 하지만 그것은 어디까지나 문예학, 역사학, 철학, 예술학 등 개별 분과학문적 견지에서 제각각 이룬 성과일 뿐, 통합학문으로서의 실학의 성격에 주목하면서 그 공부법과 위학 태도를 현대 한국학의 기저적 원리로 접맥시키거나 승화시키고자 하는 문제의식은 없었다. 말하자면 실학을 갈가리 찢어 자기 분야에 해당되는 것만 들여다본 형국이요, 실학 전체를 관철하고 있는 방법론적 본질에는 무관심했던 셈이다. 이것은 실학 연구의 아이러니일 뿐만 아니라, 현대 한국학이 얼마나 스스로의 전통을 몰각하고 있었던가, 고쳐 말해 얼이 빠져 있었던가를 여실히 보여 주는 것이기도 하다. 혹자는 실학이 보여 주는 통합적 공부법과 연구 태도는 전근대적 학문 패턴으로서, 근대적 학문이란 모름지기 분과적으로 전문화될 수밖에 없으며 이것은 하나의 발전이라고 반박할는지도 모른다.

혹 제기될 수 있는 이러한 반론을 여기서 길게 논박할 겨를은 없지만, 근대가 전근대보다 발전된 것이며 모든 면에서 더 낫다는 사고방식(=근대우월론)이 꼭 옳은 것은 아니며 재검토가 필요하다는 점, 그리고 근대 학문의 문제점을 극복하고 대안을 마련하는 데 전근대 학문의 원리에서 일정한 시사를 구할 수 있다는 점만은 간단히라도 말해 두고 싶다.

이상에서 논한 것처럼 국학은 조선 후기 실학이 취한 통합적 학문 방법을 계승하면서 그것을 근대적인 방향으로 전환시킨 의의가 있다. 이 점에서 국학은 지금 21세기의 모두(冒頭)에 우리가 모색하고 있는, 한국학을 통합인문학으로 가져가려는 시도에 일말의 빛을 던져 준다. 그렇기는 하지만, 당시의 국학은 많은 한계를 안고 있고, 이 점은 이 점대로 냉철하게 직시하지 않으면 안 된다. 무엇보다 당시의 국학은 다분히 파편적이고, 자료 나열적이며, 파토스가 있기는 해도 엄정한 로직과 이론이 부족하거나 결여되어 있다. 또한 박학을 추구하고는 있으나 박학이 '박이약'(博而約)으로 귀결되지는 못해 어수선하며, 깊이가 부족한 경우가 많다. 이런 점은 결코 답습해서는 안 되며, 극복해야 한다. 요컨대, 이 시점에 우리가 국학에서 배워야 할 점은 실학을 계승한 그 통합적 공부법과 학문 태도인바, 이를 정당하게 계승·발전시키기 위해서는 그 공부법과 학문 태도에 내재해 있는 약점을 극복하면서 그것을 갱신하지 않으면 안 된다. 이러한 갱신을 위해 앞에서 언급한, 4·19 이후 1987년까지의 한국학의 경험 및 성과, 그리고 1987년 이후 현재까지의 한국학이 보여 준 문제 제기와 성과를 변증법적으로 융합시킬 필요가 있다.

4. 한국학은 왜 통합인문학을 추구해야 하는가

한국학은 사실 인문학에만 속하는 것은 아니며, 사회과학에 속하는 분야도 없지 않다. 또한 인문학과 사회과학은 실체적으로 분리되어 있는 완전히 독립적인 두 개의 영역은 아니다. 둘은 종종 서로 넘나들며, 깊은 상호 관련을 맺고 있음으로써다. 이처럼 이론적으로 볼 때 단지 한국학의 통합인문학으로서의 성격만이 아니라 통합인문사회과학으로의 성격이 논해져야 마땅하나, 이 글의 논제가 '통합인문학으로서의 한국학'인 만큼 이 점에 초점을 맞추기로 한다.

지금 통합인문학으로서의 한국학에 대한 논의를 하고 있기는 하나, 내 주장의 본의가 한국학이 온통 통합적으로 연구되어야 한다는 것은 아니다. 지금까지 해 온 대로 분과별 연구도 계속 심도 있게 진행되어야 한다. 문제는, 한국학의 지향과 패러다임, 한국학 종사자의 공부법과 위학(爲學) 태도가 오로지 그런 쪽으로만 설정되어서는 안 된다는 사실이다. 그것은 필경 전공 이기주의에 함몰되게 마련이며, 분과마다 자폐적 폐단이 생겨 학문 간의 열린 소통은 물론, 학문 본연의 정상적 발전을 기하기 어렵게 만든다.

나의 예를 들어 본다. 나는 한국고전문학 연구자로서 연구 생활을 시작했다. 하지만 10여 년 전부터 한국사상사 분야에 흥미를 느껴 공부한 결과를 이따금 글로 발표했다. 그 과정에서 나는 다른 분야 연구자에게서 좋지 않은 뉘앙스의 말은 물론, 심지어 경고 비슷한 말까지 들었다. 결코 유쾌한 일은 못 되지만, 이런 따위야 그래도 그냥 웃어넘겨 버릴 수 있는 일이다. 정말 심각한 문제는, 나의 연구 결과가 한국고전문학 연구 분야에서도 읽히는 것 같지 않고, 한국사 쪽이나 한국철학 쪽에서도 검토되고 있는 것 같지 않다는 점이다. 말하자면 사상사 연구에 관한 한 나의 연구 결과는, 존재하되 존재하지 않는 셈이다. 이것은 나의 손실일 뿐 아니라, 한국학의 손실이다.[4]

그러면 왜 이런 결과가 초래되었을까? 단적으로 말해 전공 이기주의 때문이다. 속된 말로 하면, 밥그릇 챙기기다. 이 분야의 전공자가 저 분야와 관련된 글을 쓸 경우 저 분야의 전공자는 기분이 상하고, 거꾸로 저 분야의 전공자가 이 분야와 관련된 글을 쓸 경우 이 분야 전공자는 기분 나빠 한다. 기분이 나쁘니 아예 무시하고, 읽지도 않으며, 거론조차 않는다. 그리하여 철저히 자기 전공의 '영토' 안에서만 말 주고받기가 이루어진다. 분과학문이 갖는 장점이 없는 것은 아니지만, 목하 분과

4 '나'로서는 학계의 지적과 비판을 받아 지적으로 더 발전할 수 있는 기회를 얻을 수 없었다는 점에서 손실이요, '한국학'으로서는 다양한 학문적 담론을 소통시키지 못했다는 점에서 손실인 것이다.

학문의 폐단이 이 지경에까지 이르렀다.

물론, 특정한 전공을 오랫동안 연찬(研鑽)한 연구자의 경우 그 분야에 대한 해박한 지식을 갖게 마련이다. 따라서 다른 전공의 연구자가 어쭙잖은 공부와 허술한 논리로 자기 전공과 관련해 함부로 이 소리 저 소리를 해댄다면 기분이 좋을 리 없다. 이런 경우야 무시하면 그만이다. 그것은 자기 전공 내에서도 마찬가지일 터이다. 문제는 결코 이런 경우에 국한되지 않는다는 점에 있다. 수준이 되건 되지 않건, 경청할 만한 점이 있건 없건, 자기 전공 내에서는 접하지 못한 새롭거나 문제 제기적인 시각이 있건 없건 간에 거의 무조건, 다른 전공자에 의해 수행된 연구는 무시되거나 자기 영토에의 침범으로 간주된다는 점이 문제인 것이다. 이래서는 생기발랄하고, 창의적이며, 문제의식의 스펙트럼이 넓은 굉박(宏博)한 연구는 나오기 어렵다. 분과학문주의의 이데올로기 위에 구축되어 있는 현재 한국학의 틀을 수정해야 하는 건 그 때문이다.

한국학이 통합인문학적 면모를 강화해야 함은 종종 지적되어 온 이런 문제 때문만은 아니다. 더 중요하게는, 한국학이 갖추어야 할 학문적 주체성과 실천성이 이를 통해 '비로소' 담보될 수 있음으로써다. 한국학이 분과학문으로 진행되는 한 심원하고 포괄적이며 학제적인 자기 사유가 양성(釀成)되긴 어려우며, 그 결과 지금까지 그래왔던 것처럼 타자의 사유를 수입해다 한국학에 적용하는 방식의 연구가 지속될 공산이 크다. 앞서 포스트모더니즘 수용의 문제점을 지적한 바 있지만, 그것은 이런 맥락에서 곱씹어질 필요가 있다. '분이통(分而統), 통이분(統而分)'을 한국학이 나아갈 방향 지침으로 삼아 통합인문학을 제대로 복원시킬 경우 한국학은 사상적·이론적으로 지금보다 훨씬 더 주체적인 기초와 체질을 갖게 될 것이다. 한국학이 이런 경지에 들어서면 타자의 사유조차도 이제 일방적인 수입이 아니라 창조적·비판적 음미 위에서 섭취할 수 있게 될 터이다. 이 단계에서야 비로소 자기 사유와 타자의 사유는 정당한 방식으로 만나고, 대화하고, 토론하고, 서로 비판하고, 뒤섞이는 것이 가능하다.

통합인문학적 추구를 통해 한국학이 강화해 갖게 될 이런 주체성은 궁극적으로 그 실천적 지향으로 인해 정당화될 수 있다. 다시 말해 한국학의 주체성이 그 실천성을 낳고, 실천성은 거꾸로 주체성을 뒷받침한다는 바로 이 점에서 한국학의 통합인문학적 추구는 유의미하다. 이 경우 실천성이란, 한국학이 한국의 구체적 현실 문제 및 한국인의 삶의 문제에 도움을 주고, 성찰과 반성을 통해, 그리고 모순에 대한 비판을 통해, 대안을 제시하고 나아갈 길을 제시하는 것을 의미한다. 복잡계로서의 현실(내지 사상事象)이란 것이 구획되거나 분절되어 있는 것이 아니요 그 자체로서 하나의 총체적 과정이라는 점을 고려한다면 분과학문만으로는 이 총체적 과정에 담지된 제반 연관이 포착될 수 없다는 점은 분명하다. 그리고 학문의 실천성이란 것이 현실(혹은 사상事象)의 이런 복잡한 제 연관을 파악할 때에만 확보될 수 있다는 점 역시 분명하다. 이렇게 볼 때 통합인문학으로서의 한국학은 학문적 실천성의 강화에 기여하리라 기대된다.

한국학이 통합인문학적 추구를 통해 주체성과 실천성을 강화하는 것은 배타적 민족주의의 틀에 스스로를 가두거나 자기중심적 민족주의로 스스로를 견인해야 함을 뜻하지 않는다. 오히려 그 반대다. 일찍이 홍대용과 최한기는 부드러운 주체, 혹은 유연한 주체 개념을 통해 자기에 대한 정당한 성찰과 자기중심주의에 대한 단호한 거부 위에서 타자와의 공생 및 평화적 협동의 이념을 이론적으로 구성해 낸 바 있다. 그것은 궁극적으로 모든 종류의 억압과 침략에 반대하면서 평화를 옹호하는 주체다. 이처럼 겸손하면서도(아니 겸손하기 때문에) 타자에 대해 활짝 열려 있는 주체가 통합인문학적 한국학의 주체 개념으로 설정되지 않으면 안 된다. 그럴 경우 통합인문학이 견지할 비판적 문제의식과 성과는 공간적으로 한국이라는 협소한 테두리를 넘어 동아시아, 그리고 우리처럼 식민지 경험을 통해 세계 자본주의에 편입된 비서구권의 여러 나라들, 더 나아가 저 서구권에까지도 새로운 이론적 모델과 학문적 경험, 그리고 의미 있는 지적 전망을 건넬 수 있을지 모른다. 즉 우리의 현실, 우리의 모순과 문제점을 직시하면서 그 해결을 주체적으로 모색해 나가는 과정에서 획득한 인식과 이론으로써 타자에게 말 걸기를 시작하게 될 수 있다는 말이다. 이는 한국학이 특수에서 출발했으되 특수에 머물지 않고 보편으로 지양(止揚)되어 가는 과정일 터이다.

5. 통합인문학적 한국학은 어떻게 추구될 수 있는가

그렇다면 통합인문학적 한국학은 어떻게 가능한가? 다시 말해 한국학이 통합인문학적 면모를 갖도록 하기 위해서는 어떤 제도적 조건과 연구자의 노력이 필요한 걸까? 이제 이 물음에 대해 생각해 봄으로써 논의의 구체성을 조금 더 진전시켜 보도록 하자.

제도적 측면에서 한국학의 통합인문학적 성격을 강화시키는 방법은 여러 가지를 생각할 수 있을 것이다. 이를테면 인문대학 내에 한국학부를 존치함으로써 한국학 연구와 교육이 통합적 기초 위에서 전개될 수 있도록 하는 것도 도움이 될 것이며, 여건이 되는 몇몇 대학에 대학원 협동과정으로서의 통합한국학 과정을 설치하는 것도 한 방법이 될 것이다. 또한 학부 및 대학원 교과 과정에 통합인문학적 한국학의 면모를 보여 주는 과목을 개설하는 것도 생각해 볼 수 있을 것이다. 만일 대학 밖으로 눈을 돌릴 경우, 지금 비록 학회들이 갈수록 작은 전공 단위로 세분화되어 결성되는 추세이고, 게다가 저마다 무슨 이익단체처럼 자기 세력을 끌어 모아 전국적 학회를 만들어 거기서 내는 학회지를 학술진흥재단의 등재지가 되게 하는 데 혈안이 된 것이 작금의 우리 학계 현실이긴 하지만, 그러한 현실에 역행해 대의명분에 따라 가칭 '통합한국학회' 같은 학회를 하나 만드는 것도 과히 나쁘지는 않을 것이다.

이 여러 가지 방법은 크건 작건 간에 도움이 될 수 있는 일이고, 그 점에서 나쁘지 않은 생각일 테지만, 한국의 대학 현실과 학계 현실을 냉철하게 직시한다면 모두 '백일몽' 같은 게 아닐까 한다.

그렇다면 어찌 해야 하는가? 뾰족한 길이 보이지 않는다. 대학 및 학문 제도가 바뀌어야 그 속에서 새로운 마인드를 갖고 새롭게 훈련된 학문 후속 세대가 양성될 수 있을 터인데, 대학 및 학문 제도는 요지부동이다. 왜 그런가? 기득권 때문이다. 자신이 편한 데 안주하고, 자신이 편한 것을 주장하고 고집하며, 자신에게 익숙한 것을 진리라는 이름으로 포장하는 것, 이것이 바로 학문의 기득권이다. 그리고 이 학문적 기득권은 학과 이기주의 내지 전공 이기주의와 결합되어 부단히 재생산된다. 이 때문에 한국의 국문학과 대학원생은 저 유럽이나 미국 학생들처럼 문예학적 문제의식을 사회학적이라든가 역사학적 철학적 관심과 결합시킨 주제로 학위 논문을 쓸 수 없게 되어 있으며,[5] 혹간 물정 없이 그런 쪽으로 정위(定位)된 논문을 쓴 학생이 있다면 심사 과정에서 어김없이 "이게 어째서 국문학 논문인가?" "이건 사회학 논문이 아닌가?" "이건 역사학 논문이 아닌가?"라는 질책을 받게 되고, 논문을 완전히 해체해 이른바 '문학 논문'의 틀에 맞게 재작성할 것을 요구받는다. 이

5 이는 우선 대학원생 스스로의 자기 검열의 결과인데, 문제는 이 자기 검열이 학문 제도(이 속에는 지도교수를 위시한 학과 교수들 역시 당연히 포함된다)와 관행이라는 저 타자적(他者的) 검열의 결과라는 점이다.

는 한국사 쪽이나 한국철학 쪽에서도 마찬가지일 것이다. 따라서 특정 전공에 기초하되 학제적 내지 통합적 관심을 경주한 학위 논문은 한국에서 결코 나올 수 없게 되어 있다. 말하자면 지금 대학에서 이루어지는 한국학은 개별 분과마다 자기 방문을 걸어 잠그고 그곳에 틀어박혀 있는 형국으로서, 방 밖으로 나와 대화하려고도 않을뿐더러 대화할 필요조차 느끼지 못하고 있는 것처럼 보인다. 그래서 혹 방문을 삐죽이 열고 밖을 내다보면서 다른 방을 엿본다면 그런 행위는 규범을 일탈한 것으로 간주된다. 그러므로 손해를 보면서까지 이런 일탈 행위를 하려는 사람은 정신 나간 사람이 아닌 한 있기 어렵다.

대학 제도와 학문 제도가 통합적 한국학을 추구하기에 좋은 방향으로 개선될 수 있다면 그보다 다행한 일은 없을 터이다. 그렇기는 하지만 그쪽만 바라보고 있을 수는 없는 노릇이므로, 그 점에 대한 문제 제기는 이 정도로 하고, 이하 통합인문학적 견지에서 한국학을 연구하고자 할 때 유의해야 할 점 몇 가지를 말하고자 한다.

첫째, 통합인문학으로서의 한국학을 추구하는 연구자들은 기본적으로 '협동'의 마인드를 갖추지 않으면 안 된다는 점.

여기서 말하는 협동이 학문적 비판과 경쟁을 배제하는 것은 아니다. 협동 속에는 당연히 학문적 비판과 경쟁이 포함된다. 그렇기는 하지만 협동은 학문적 비판과 경쟁보다 더 근원적인 마음자리에 있어야 할 덕목이 아닌가 생각된다. 말하자면 다른 전공을 백안시하거나 배제하는 것이 아니라, 다른 전공이 자기 전공과 직접 간접으로 연결되어 있으며, 그래서 늘 다른 전공 쪽에 관심을 기울이면서 대화하고 배우려고 하는 열린 마음 자세가 여기서 말하는 '협동'의 마인드다. 앞서 홍대용과 최한기의, 타자에 대해 열려 있는 유연하고 겸손한 주체 개념에 대해 언급했지만, 이런 주체 개념은 한국학의 개별 연구자에게도 해당될 수 있다. 이런 협동의 기풍, 협동의 마인드를 갖추는 데는 돈이 들지도 않는다. 그저 인식을 바꾸기만 하면 된다.

둘째, 한국학이라는 정상에 오르는 길은 여럿이지만, 모든 길은 정상에서 서로 만난다는 점.

소위 '일이다(一而多), 다이일(多而一)'의 변증법이 통합적 한국학 연구의 요체임을 각별히 인식할 필요가 있다. 우리는 문학이라는 길을 통해 정상에 오를 수도 있고, 사학이라는 길을 통해 정상에 오를 수도 있으며, 철학이라는 길, 예술이라는 경로를 통해 정상에 오를 수도 있다. 이처럼 한국학에 오르는 길은 하나가 아니고, 다양하다. 그리고 올라가는 경로에 따라 그 풍경이 다를 수 있다. 그렇기는 하지만 하나의 산을 올라간다는 점에서 상통하는 점이 많으며, 서로 주고받아야 할 정보가 적지 않다고 할 수 있다. 이 비유에서 중요한 것은, 한국학 각 분야의 전공자들은 저마다 자신의 전공을 바탕으로 삼아 통합적 관심으로 나아가야 한다는 점이며, 이렇게 될 때 비로소 여러 전공의 장점과 문제의식이 어우러지면서 한국학이 단조로움을 탈피해 다시각(多視角)과 다성성(多聲性)을 확보하며 높은 의식과 풍성한 내용을 갖는 쪽으로 발전하리라는 점이다. 뿐만 아니라 한국학이 이런 방향으로 전개되기 시작하면 그 개개의 분야도 논의거리가 확장되고 시각이 다채로워지면서 새로운 활기를 띨 수 있다. 한국학의 여러 분야를 꿰뚫고 있되 단순히 해박하기만 한 것이 아니라 분야들 사이의 본질적 연관성과 기저(基底) 원리를 거시적으로 통찰해 냄으로써 그것을 자신의 정제된 언어로 개념화하고, 궁극적으로 높은 수준에서 이론과 체계를 창조해 내는, 한국학의 진정한 대가도 이런 연구의 흐름 속에서 탄생될 수 있을 터이다.

셋째, 앞서 국학에 대해 논의할 때 잠시 언급한 바 있지만, 한국학 연구를 통합인문학적 방향으로 수행하기 위해서는 한국학 연구자의 공부법 자체가 상당히 달라져야 한다는 점.

우선 한국학 연구자는, 전근대 시기에 관심을 둔 사람이건 근현대에 관심을 둔 사람이건 간에, 높은 수준의 한문 해독 실력을 일단 갖출 필요가 있다고 생각한다. 특히 전근대 시기에 대한 연구의 경우 기본적으로 한문에 능통하지 않고서는 통합적 모델의 추구가 아예 불가능하며, 한문에 능통하면 할수록 통합적 연구로 나아갈 수 있는 가능성이 커진다. 이 점에서 한문 해독 능력의 강화는 아무리 강조해도 지나치지 않다. 한문 해독 능력이라고 하니 줄글로 된 사료나 텍스트의 의미 파악이나 하면 된다고 생각할지 모르나 그 정도 갖고 통합적 연구를 하기는 어렵다. 철학 연구자나 역사학 연구자도 정교하고 미묘한 문학 텍스트를 자유롭게 읽어 내면서 깊이 이해할 수 있는 능력을 갖추어야 하고, 문학 연구자도 철학적 텍스트와 역사적 사료를 제대로 읽어 내고 다룰 수 있는 훈련을 쌓지 않으면 안 된다. 한시(漢詩)는 사상사 연구나 예술사 연구에서 대단히 중요한 자료이다. 특히 외면적 사상(事象)이나 인과관계를 해명하는 데 그치지 않고, 사상이면 사상, 예술이면 예술의 내질(內質) 자체로 깊숙이 들어가 사유를 전개하고자 할 경우 한시는 대단히 중요한 자료가 된다. 하지만 지금의 사상사 연구나 예술사 연구에서는 늘 한시가 배제되고 있는바, 이는 한시를 다룰 수 있는 훈련이 되어 있지 않아서일 것이다. 이래 갖고서는 분과학문으로서의 사상사 연구나 예술사 연구 자체의 질적 수준도 문제거니와, 통합적 연구는 언감생심이다.

하지만 고도의 한문 해독 능력만 갖춘다고 해서 통합적 한국학을 추구할 수 있는 건 아니다. 그것은 비록 중요하긴 하지만 그럼에도 하나의 필요조건일 뿐이다. 한문 해독 능력과 나란히(혹은 그 이상으로) 갖추어야 할 공부가, 인문학적 기초 교양을 쌓고, 폭넓고 깊이 있는 문제의식을 배양하며, 인문학적 의제 설정 능력을 키우면서 지적 전망을 확대하는 일이다. 이것이 없는 한문 해독 능력은 공허할뿐더러 맹목적이다. 앞서 일제강점기 국학의 문제점을 거론한 바 있지만, 한문 해독 능력만 있고 인문학적 문제의식이 부족할 경우 근본적으로 과거 국학의 한계를 돌파하기 어려울지 모른다. 요컨대 통합적 인문학으로서의 한국학을 추구하고자 하는 연구자는 모름지기 로직과 이론적 능력을 구비하기 위한 공부를 하지 않으면 안 된다. 그때에만 비로소 한국의 모든 것—한국의 전통과 현실, 한국의 온갖 텍스트들—이 논리적·이론적으로 재구성되면서 그 현대적 및 보편적 의미가 도출되고 반추될 수 있을 터이다.

한국학 연구자들이 외국 학계의 동향이나 사상적·이론적 추이를 늘 주시하고, 그 성과를 정리해 파악하며, 혹은 비판하고 혹은 이해하면서 학문적으로 서로 대화해야 함도 이 때문이다. 한국은 제1세계를 제외한 세계 대부분의 나라들이 그랬듯이 근대 초기에 식민주의를 경험했고, 해방이 되고 나서는 냉전 체제로 인해 분단이 되면서 남북 간에 전쟁이 야기되었다. 지금 남한 사회는 반독재 민주화 운동을 통해 형식적 민주주의가 일단 정착되었고, 시민사회가 유력한 힘으로 작동하고 있다. 이에 따라 '자기'에 대한, 그리고 '자기' 내부의 억압 및 '자기'가 타자에 가하는 폭력과 배제의 원리 등에 대한 성찰이 다각적으로 이루어지기 시작했다. 그리하여 현재 한국은 조금 소란스럽기는 하지만 민주주의, 인권, 평등, 자유, 평화, 주체와 타자의 관계 설정, 전통과 서구적 가치 사이의 대립과 긴장, 세계화와 반세계화적 지향의 길항, 여성, 소수자, 환경 등을 둘러싸고 활발하게 논쟁이 전개되고 있으며, 문제 해결을 위한(그리고 더 나은 삶과 가치를 향한) 새로운 의제 설정을 요구받고 있다. 한국학은 지금 이런 사회역사적 조건에 처해 있으며, 현재와 과거를 조망하고 미래를 전망하면서 현실의 제 문제에 대해 학문적 기여를 하기를 요청받고 있다. 이 지점이 바로 통합인문학적 한국학이 지녀야 할 고민과 문제의식의 출발점이 되어야 하며, 이 고민과 문제점을 사유하고 풀어 나가는 과정과 경험은, 되풀이해서 말하거니와 한국 바깥의 다른 나라에도 일정하게 도움이 될 수 있을 것이다.

6. 폐쇄적 전문가주의, 상업주의, 아마추어리즘을 넘어서

통합인문학으로서의 한국학 연구는 극도의 전문성을 바탕으로 수행되어야 하고, 또 수행될 수밖에 없다. 전문적인 소양을 쌓고 엄격한 학문적 훈련을 거치지 않고서는 제대로 된 통합적 한국학 연구는 불가능하다. 이 점은 기본 전제로서 인정되어야 한다. 그렇기는 하지만, 통합인문학으로서의 한국학이 단순히 이 분야에 종사하는 소수의 전문가 집단 내에서만 통용되는 것이어서는 곤란하다. 통합적 한국학 연구는 학문적 기본을 지키면서도 적어도 지식인 일반에게 소통될 수 있어야 한다. 그러기 위해서는 글쓰기에 있어 각별한 배려와 노력이 필요할 터이다. 다시 말해 소수의 전문가 집단만이 알아볼 수 있는 언어로 글쓰기가 이루어져서는 안 되고(사실 이쪽이 훨씬 쉽고 편하지만), 지식인 일반이 이해할 수 있는 언어로 글쓰기가 이루어져야 한다. 더 나아가 지식인은 물론 한국학에 관심을 가진 일반 독자들도 이해할 수 있는 글쓰기가 되도록 여러 가지 노력을 기울일 필요가 있다. 잘 소화되고 정제된 언어로 기술되어 읽기 쉽되 문제의식이 깊고, 지적 전망이 넓으며, 삶과 현실에 대한 비판적 인식과 고양된 통찰을 제공할 수 있는 그런 연구가 통합인문학적 한국학 연구의 모범이 되어야 할 것이다.

그렇기는 하지만, 통합인문학적 한국학 연구가 값싼 상업주의에 영합하거나 아마추어리즘의 편향을 보여서도 안 될 것이다. 만일 통합적 한국학 연구가, 재미있어야 한다는 출판·문화계의 요구에 추수(追隨)하여 대중적 흥미에 자신을 맞추는 식으로 전개된다면 그 본연의 역할과 과업에서 이탈하면서 결국 자기소외에 빠지게 될 것이다. 인문학의 위기는 인문학 본연의 실다움과 지적(知的) 감발력(感發力)을 회복할 때 극복될 수 있는 것이지, 인문학을 대중화하거나 상업적으로 재미있게 만든다고 극복될 수 있는 것이 아니다. 대중의 기호에 영합하면서 인문학을 상업적으로 통속화시키는 것은, 장기적으로 볼 때, 학문의 생명이라 할 진지한 인식력과 비판성을 떨어뜨리거나 소거시키는 일이요, 결국 인문학 자체의 기반을 황폐화시키고 붕괴시킬 것이 분명하다. 이는 사회적으로 대단히 위험한 일이다. 통합인문학으로서의 한국학은 이런 점에 유의할 필요가 있다. 그리하여 자폐적 전문가주의는 그것대로 경계하되 동시에 시장과 자본과 저널리즘의 힘에 한국학 연구가 휘둘리거나 종속되지 않도록 부단히 경계하지 않으면 안 된다.

7. 맺음말

이상 필자는 한국학 연구사를 짚어 보면서 통합인문학으로서의 한국학 연구가 왜 요청되는지, 그리고 그것을 추구하고자 할 때 어떤 장애 요인이 있는지, 통합적 인문학으로서의 한국학을 하기 위해서는 어떤 공부와 마음가짐이 필요한지, 통합인문학적 한국학의 과업은 무엇이며, 통합인문학적 한국학 연구를 수행할 때 경계해야 할 점은 무엇인지에 대해 검토해 보았다.

사실 통합인문학적 한국학 연구는 해야 한다고 해서 아무나 할 수 있는 것도 아니고, 하고 싶다고 해서 아무나 할 수 있는 것도 아니다. 그것을 위한 많은 준비와 공부, 그리고 왜 그것을 해야 하는지에 대한 투철한 자기의식과 문제의식이 없고서는 불가능할뿐더러, 억지로 해 봤자 별반 의미가 없는 일일지도 모른다.

학문, 삶,
글쓰기

1

전통적으로 동아시아에서 '학문'(學問)이란 '배우고 물음'을 뜻한다.

'배운다'는 것은 누구 혹은 무엇으로부터 이루어지는 행위다. 다시 말해 배움의 대상이 존재한다. 이 점에서 학문은 무에서 유를 창조하는 행위가 아니라 유에서 새로운 유를 창조하는 행위에 가깝다. 학문에 스승이 필요한 것, 학문에 사승(師承)의 계보 같은 것이 있음은 바로 이에 연유한다.

'묻는다'는 것은 누구를 전제할 수도 있고 안 할 수도 있다. 누구를 전제할 경우 그것은 누구에게 묻는 행위다. 누구는 스승일 수도 있고, 벗일 수도 있고, 대립적이거나 적대적인 관계에 있는 사람일 수도 있고, 자신이 속한 '이 세계'일 수도 있다.

한편 전제된 누군가가 없을 경우 그것은 스스로를 향한 행위다. 다시 말해 스스로에게 던지는 질문인 것이다.

두 경우 모두 앎에 대한 욕구, 진리에 대한 갈구가 자리하고 있음은 동일하다. 또 두 경우 모두 물음에 대한 응답이 수반되게 마련이라는 점에서 상호적이며 대화적이라는 공통성을 갖는다. 주목해야 할 것은, 물음이 갖는 이 상호성과 대화성의 출발점에 '나'가 있다는 사실이다. 이에서 우리는 '학문'의 한 축을 이루는 물음이 '주체'의 물음, 달리 말해 '주체'의 내적 요구로부터 비롯된다는 사실을 알게 된다.

2

전근대의 한국 학문에는 학맥(學脈)이 뚜렷이 존재했다. 주자학은 주자학대로, 양명학은 양명학대로, 실학은 실학대로 학문의 계보가 있었다. 학문에 계보가 존재함은 학문의 향상에 도움이 될 수도 있고 방해가 될 수도 있다.

이와 달리 근대의 한국 학문에는 학맥이라 할 만한 것이 별로 발견되지 않는다. 이는 근대 한국의 경우 전근대와 또 다른 의미에서 학문의 '자생적' 기반이 취약함을 의미한다. 근대 한국의 학문에서 진정한 의미의 '학파'를 운위하기 어려움은 이와 관련된다. 비록 한국의 전근대와 근대는 학문의 사회적 기반이나 그 영위 방식이 판연히 다르다는 점을 인정해야 하겠지만, 적어도 학파의 존재 양태나 학맥의 발전적 계승 양상의 점만 갖고 논할 경우 근대의 한국 학문은 전근대의 학문보다 꼭 낫다고 하기 어렵지 않은가 한다.

3

학문은 그 본질상 묻는 행위와 관련되어 있으므로 학문 '주체'의 문제가 관건적(關鍵的) 중요성을 갖는다. 학문은 학문 주체의 요구, 지향, 고민, 관심, 의식의 결과임으로써다.

학문 주체는 시공간과 분리되지 않는다. 왜냐하면 그는 특정한 시공간 속에 존재하기 때문이다. 그는 자신을 둘러싸고 있는 시공간과 교섭하면서 묻고, 사유하고, 답을 구하고, 글을 쓴다. 주체를 규정하거나 에워싸고 있는 이 시공간은 그러므로 적어도 학문에 있어서는 주체와 대등한 중요성을 갖는다. 주체가 중요한 그만큼 시공간의 중요성도 제고(提高)된다. 시공간이 전제되지 않는 주체란 존재할 수도 없거니와 아무런 의미를 가질 수 없기 때문이다.

4

학문에서 문제되는 시공간이란 본질적으로 '지금 여기'다. 모든 학문은 '지금 여기'에서 출발하고, '지금 여기'에서 이루어지기 때문이다. 그러므로 학문은 현재성과 주체성을 그 생명으로 삼을 수밖에 없다. 모든 학문은 그 본질에 있어 현재적이며, 또한 주체적이다. 여기서 '주체적'이라 함은 이중의 함의를 갖는다. 하나는 연구 주체와 관련되고, 다른 하나는 연구 주체를 에워싼 시공간과 관련된다.

학문은 현재성과 주체성을 그 생명으로 삼지만, 그렇다고 해서 과거나 미래와 무관하거나 주체성 바깥의 주체성들, 즉 또 다른 주체성들을 도외시하는 것은 아니다.

진정한 학문, 학문의 본령에 충실한 학문은 오히려 현재의 요구에 충실하면서도 과거와 미래를 늘 문제 삼으며, 과거와 미래 속에서 현재를 응시한다. 과거는 현재의 과거요, 미래는 현재의 미래이기 때문이다. 이 점에서 과거와 미래는 또 다른 현재이며, 현재와 긴밀히 연결되어 있다. 현재는 과거와 미래에 대한 고려 없이는 이해될 수 없으며, 전망될 수 없다. 그러므로 학문의 현재성은 과거에 대한 심원한 문제의식과 미래에 대한 깊은 고려가 수반될 때에만 제대로 확보될 수 있다.

한편, 학문의 주체성은 닫혀 있는 것이 아니라, 또 다른 주체성들을 향해 열려 있으며, 그들과 대화적 관계를 형성한다. 학문의 주체성은 그 바깥의 주체성들에게는 진리 인식의 제약이 되기도 하나 동시에 진리 인식의 준거가 되기도 한다. 이 점에서 학문의 주체성은 진리의 보편성을 만들어 나가는 불가피하면서도 의미 있는 계기다.

5

근현대의 한국 학문이 갖는 가장 큰 문제점은 바로 이 주체성의 부족이다. 근현대의 한국 학문은 '지금 여기'의 문제를 자신의 언어, 자신의 개념, 자신의 이론으로 해명하지 못하고 있지 않은가 생각된다. 외부로부터 수입된 언어와 개념과 이론이 그것을 대체하고 있다. 그리하여 자기 사유 없음이 근현대 한국 학문의 주요한 특질을 이룬다. 자기 사유인 듯이 보이는 것조차도 기실 자기 사유가 아니고 남의 사유이며, 자기 혀로 말하는 것으로 보이는 것조차도 기실 자기 혀가 아니고 남의 혀인 경우가 대부분이다. 자기 사유 없음은 학문적 주체성의 결여를 드러내는 단적인 징표다. 물론, 자기 사유는커녕 사유 자체가 없는 학문도 종종 목도하지만 이런 건 유사학문(類似學問)일 뿐 본래적 의미의 학문이라고 하기 어렵다.

6

한국문학 연구나 한국사 연구 같은 한국학의 근간을 이루는 학문의 문제는 '과잉 주체성'에 있다고 생각하는 견해가 있을 수 있다. 가령 한국학의 민족주의적 경사(傾斜)의 지적이 그런 예이다. 한국학의 민족주의적 경사에 오류가 있다면 그것은 마땅히 교정해 나가야 할 일이겠으나, 문제는 그런 문제점을 지적하는 논자들조차도 자기 혀로 말하거나 자기 머리로 사유하는 것이 아니라 남의 혀로 말하고 남의 머리로 사유한다는 점이다. 학문의 발전 과정에서 혹 남의 머리로 사유하는 단계가 있을 수도 있으나, 그럼에도 그것은 진정한 의미에서 '나'의 학문, 즉 주체적 학문은 아니다. 앞서 말했듯 학문은 주체성을 자신의 생명으로 삼는다. 따라서 설사 특수성이 수승(殊勝)하다 할지라도 주체적 학문만이 진정한 학문이며 학문의 본령 안에 있다고 말할 수 있다. 그것이 갖는 특수성은 고양된 보편성의 훌륭한 자산이자 풍부한 원천이 된다. 따라서 주체적 학문의 특수성은 방기되거나 타매될 대상이 아니다. 다만 그것을 더 넓은 보편성으로 견인하고 지양(止揚)하려는 고민과 노력이 요청될 따름이다.

이런 견지에서 본다면 작금의 한국학은 과잉 주체성보다 과소 주체성 내지 주체성의 결여가 더욱 심각한 문제라고 여겨진다. 한국철학 연구든 한국사 연구든, 그리고 한국의 사회과학 연구든 자신의 고유한 개념 틀, 자신의 고유한 이론 틀을 창출해 낸 적이 있던가? 혹은 창출해 내고자 고심한 적이 있던가? 고유한 개념 틀, 고유한 이론 틀의 창출 없이 한국학의 주체성을 운위하는 것은 대단히 우스운 일이다. 내가 한국 학문과 한국학에 주체성이 부족하다 함은 이런 의미에서 하는 말이다.

7

자신의 고유한 언어, 자신의 고유한 개념, 자신의 고유한 이론 없이는 주체적인 학문이라 말하기 어려우며, 학문적 보편성의 세계적 고양에도 기여하기 어렵다.

이른바 '의양'(依樣)과 '자득'(自得)은 서로 무관한 것이 아니지만, 그럼에도 의양만 강조하거나 거기에 주로 기대면 새로운 창조는 나오기 어렵다. 자득은 어렵고 의양은 쉽다. 본뜨고 베끼는 건 쉬운 일이니까. 그러나 힘들어도 자득이 중요하다. 자득이 학문의 내적 계기라면 의양은 외적 계기다.

한국 학문은 의양에만 힘쓰고 자득을 소홀히 한 결과 지금처럼 자생력이 몹시 약한 상태가 되어 버렸다. 한국 학문의 외부 종속성, 특히 서양 종속성은 이와 관련된다. 심지어 요즘은 한국학조차 유럽이나 북미나 일본에 가서 공부하고 돌아와 한국에서 행세하려는 사람들이 있다. 학문의 수준이 된다면 좀 행세한들 무슨 상관이 있겠는가마는, 문제는, 대개 그렇지 못하며 학문의 자생력을 떨어뜨리고 학문의 기생성(寄生性) 내지 식민성을 강화하는 데 본인이 알든 모르든 기여할 뿐이라는 데 있다 할 것이다.

근현대 한국 학문의 종속성과 식민성은 그 유래가 깊다. 이는 식민 지배를 받은 것, 해방 후 미국에 의존해 남한 체제가 유지되어 온 것과 밀접한 관련이 있다. 문제는 한국 학문의 종속성과 식민성이 지금도 개선되기는커녕 오히려 심화되고 있는 것처럼 보인다는 사실이다.

나는 서울대학교 인문대학에 재직하고 있다. 인문대학 교수 중 대다수는 외국에서 학위를 받은 사람들이다. 영문과 교수는 물론이려니와 불문과, 독문과, 철학과, 미학과, 고고미술사학과, 서양사학과 등 거의 모든 학과의 교수들이 외국 박사학위 소지자들이다. 간혹 국내 박사가 있긴 하나 극소수에 불과하다. 영문과 교수 28명 중 국내 박사는 단 1명, 독문과 교수 13명, 철학과 교수 17명 중 국내 박사는 고작 각각 2명에 불과하다. 국문학과와 국사학과를 제외한 다른 학과도 크게 사정이 다르지 않다. 학과의 전 교수가 외국 박사인 경우도 있다. 그간 서울대 영문과에서 배출한 박사는 150명쯤 된다. 이들은 자신을 양성한 대학에서도 인정받지 못하고 있는 셈이다. 크나큰 모순이며 자가당착이다. 박사를 배출하고는 있지만 기실 학문의 자체 생산이 안 된다는 말이다.

그러니 학부를 졸업하면 대개 외국으로 유학을 떠난다. 교수들이 먼저 유학을 권하는 것으로 알고 있다. 한국에서는 학문이 안 되니 한시라도 빨리 유학을 가는 게 좋겠다는 충고와 함께. 그리고 그중 일부는 돌아와 모교에 자리를 잡는다. 서울대학교 인문대학만 그런 것이 아니다. 사회대학도 사정은 마찬가지고, 서울대 전체가 거개 그렇다고 생각된다. 서울대 이외의 다른 대학교도 아마 비슷할 것이다.

이것만 보더라도 한국의 학문은 자생적 기반이 없음을 알 수 있다. 자생적 기반이 없음은 물론이려니와 그것을 구축하려는 노력조차 아예 하지 않고 있다. 한국의 대학은 대체로 외국 대학의 분점(分店)에 불과한 형국이다. 한국의 특정 대학이 세계의 대학 중 랭킹 몇 위니 따지는 것은 참으로 가소로운 일이라 아니할 수 없다.

그러니 몇몇 한국학 분야를 제외하고는 한국에 자생적 학문이 존재하지 않는다고 말해도 무방할 것이다. 한국의 이런 학문 현실을 생각하면 참담하기 짝이 없고 퍽 절망적인 기분이 된다.

9

학문은 세상과 분리되지 않는다. 학문은 세상 속에 있되 세상의 문제점을 지적하고, 세상의 나아갈 방향을 제시하며, 세상의 악화를 막거나 세상을 좀 더 나은 방향으로 개선하는 데 이바지한다. 혹은 세상을 비판하고, 세상의 의미와 본질을 투시하게 한다. 요컨대 학문은 세간(世間)의 것이면서도 세간에 함몰되지 않고, 세간과 거리를 둔 채 세간을 냉철히 응시한다. 그러므로 헤겔이 말한, "미네르바의 부엉이는 황혼이 되어서야 날기 시작한다"라는 명제는 꼭 철학의 본령을 가리키는 말만은 아니며, 학문 일반에도 어느 정도 타당하다.

좀 더 구체적으로 말한다면 학문은 사회적이자 역사적인 것이다. 학문은 언제나 사회역사적 연관 속에 있으며, 또한 사회역사적 행위이다. 이 때문에 학문에는 사회적 및 역사적 책임이 수반된다.

학문이 사회적·역사적 책임을 어떻게 다해야 하는지에 대해서는 학자마다 생각이 다를 수 있다. 우파의 학문도 있을 수 있고, 중도파의 학문도 있을 수 있으며, 좌파의 학문도 있을 수 있기 때문이다.

하지만 이와 관계없이 제대로 된 학문은 늘 근본적이며 비판적이다. '근본적'이라 함은 근원을 탐구함을 말한다. 사상(事象)과 문제의 근원을 캐는 것이야말로 학문의 본래면목(本來面目)이다. 학문은 '근본적'이기 때문에 비판적일 수밖에 없게 된다. 근본적인 것은 늘 비판성을 담지하기 때문이다. 그리고 이 근본에의 탐구와 냉철한 비판의식으로 인해 학문은 여타의 영역과 구별되는 자신의 고유성을 확보할 수 있다.

10

한국 학문이 주체성이 부족하고 자생성이 박약하다는 것은 한국의 학문이 본래적으로 감당해야 할 사회적·역사적 책임 수행을 제대로 하고 있지 않음을 의미한다. 주체성과 자생성에 있어 한국 학문이 보여 주는 불모성은 그것이 단지 학문 자체의 병폐만으로 그치지 않는다는 데 문제의 심각성이 있다. 그것은 한국의 사회적·문화적·지적 낙후를 낳는다. 그리하여 한국 사회, 한국의 미래에 대한 전망과 투철한 인식을 어렵게 만들며, 궁극적으로 '나'의 성숙되고 심원한 '자기의식'의 형성을 가로막는다. 학문은 그 사회의 최고의 이성적 정신이자 의식 형태이기에 학문이라 할 만한 '나'의 학문이 없다는 것은 나의 '혼'이 없음을 의미한다. 혼이 없는 인간이 온전히 자신의 삶을 영위하기 어렵듯이 혼이 없는 사회에서 온전한 공동체적 삶이 영위되기는 어렵다.

이처럼 학문이 사회나 공동체와 긴결(緊結)되어 있다는 점에서 학문의 학문다움, 학문의 본래면목을 되찾는 일의 중요성이 제고되며, 오늘의 한국 학문에 대한 신랄한 비판이 요청된다.

11

학문에 대해 선진국과 후진국이라는 말을 쓰면 좀 이상하게 보일지 모르지만, 한국은 학문의 후진국이다. 인문학과 사회과학은 특히 그렇다고 생각된다. 근대 학문의 세계에서 한국의 철학자나 사회과학자는 세계적으로 인정받는 독창적 이론이나 학설을 정초(定礎)한 적이 없다. 철학이나 사회과학의 방법론이나 이론은 모두 유럽이나 북미에서 수입해다 쓴다. 말하자면 수입 학문인 셈이다. 수입품은 아무리 포장을 달리해도 창의성을 인정받기 어렵다.

인문학과 사회과학에서 새로운 개념과 이론의 창출은 미국, 독일, 프랑스, 영국 등에서 주로 이루어진다. 문제는 이들 국가의 학자들이 만들어 낸 개념이나 이론이 비록 아무리 세계적인 것이라 할지라도 시공간 및 연구 주체의 입점(立點)과 관련하여 어떤 제한성 내지 한계를 안고 있다는 사실이다. 그것들은 비록 주체적인 것들임에는 분명하나 주체적인 만큼 제한성을 갖는다. 따라서 그 자체가 '보편'은 아니다. 그럼에도 그것이 보편으로 통용되거나 받아들여질 경우 사태가 꼬이게 된다. 그 보편 속에는 우리의 입장, 우리의 고민, 우리의 경험, 우리의 특수성이 꼭 반영되어 있지는 않다. 그러므로 그 보편은 '제한된 보편'이다. 이 제한된 보편을 좀 더 고양된 보편으로 끌어올리기 위해서는 우리의 시공간을 적극적으로 고려하면서 주체적으로 개념과 이론을 만들어 내는 방법밖에 없다.

학문은 그것을 둘러싸고 있는 시공간 속에서 이루어지는 것이므로 학문과 학문 주체의 삶은 그 본질상 분리되지 않는다. 정직하게 말한다면, 학문은 학문 주체의 삶을 반영하고, 학문 주체의 삶을 규정한다.

일찍이 왕양명(王陽明)은 앎과 실천의 통일, 학문과 삶의 일치를 주창했다. 이른바 '지행합일'(知行合一)이다. 비단 양명학만이 아니라 동아시아 전근대의 학문 전통, 특히 유학의 학문 전통은 학문과 삶의 일치를 중시했다. 그리하여 학문은 비단 경세제민(經世濟民)을 위해서만이 아니라 학문 주체 그 자신의 인격적 향상을 위한 것이기도 하다고 보았다. 그래서 '위기지학'(爲己之學)을 강조했다. 위기지학은 이기적(利己的) 학문을 말함이 아니다. 명성이나 세상의 평판, 일신상의 이익이나 공적을 위한 학문이 아니라 자기 자신을 수양하고 덕성을 함양하는 데 이바지하는 학문을 이르는 말이다. 말하자면 인간으로서의 도덕적·윤리적 향상을 위한 학문을 말한다. 그리하여 경세(經世)의 학문도 위기지학의 바탕 위에서 수행되어야만 기만적이지 않고 참된 것이 될 수 있다고 보았다.

근대 학문은 기본적으로 앎과 윤리의 분리 위에 서 있다. 이는 근대의 세계상(世界像)과 연관되어 있다. 그렇기는 하나 근대의 모든 학문이 앎과 윤리, 삶과 이론을 분리시키고 있는 것은 아니다. 삶과 이론, 이론과 실천을 견결하게 통일시키고 있는 학문도 없지 않다.

지금 전근대 동아시아의 학문 담론을 되살릴 수는 없지만 학문 주체와 그 삶의 통일 및 앎과 윤리, 이론과 실천의 통일을 중시한 전근대 동아시아의 학문론은 응당 주목할 필요가 있다. 그것은 학문 행위에서 학문 주체의 인간적 덕성과 도덕적 의식을 강조함으로써 학문의 진실성을 높이고 있음으로써다. 이에 의하면 자기현시적인 학문, 현학적인 학문, 도락적(道樂的)인 학문, 명성을 구하거나 이익을 노리는 학문은 진정한 학문과는 거리가 멀다.

13

바야흐로 정보통신기술의 발달로 지식은 학문의 전유물이거나 특정한 사람들만의 것이 아니게 되었다. 지식은 이전 시대와 달리 대중화되었다. 그에 따라 학문의 입지는 더욱 위축되고 학문의 권위 역시 의심받고 있다. 학문은 심각한 도전에 직면해 있다. 이제 학문은 끝났는가? 학문은 오활한 자의 자기소일(自己消日)일 뿐인가?

그렇지는 않다고 생각한다. 오히려 이런 시대야말로 학문의 진가가 더 잘 드러날 수 있다. 그러자면 학문의 본령을 지켜야 한다. 그리하여 비판성, 깊은 성찰, 냉철한 이성적 사유, 근원에 대한 집요한 물음, 사상(事象)과 텍스트의 본질에 대한 깊디깊은 통찰, 경계(境界)를 벗어나는 정신의 자유로운 유영(遊泳)이 담보되어야 한다. 그래서 통합인문학이 필요하다.

14

흔히, 학자는 상아탑에 안주해서는 안 되고 세상과 소통해야 한다고 말한다. 아카데미즘에 대한 비판은 그 연장선상에 있다.

이런 비판이 받아들여져서인지 요즘 '대중적 글쓰기'가 유행하고 있다. 그리하여 대중의 눈높이에 맞춘, 부담감 없이 쉽게 읽히는 책이 성행하고 있다. 특히 '인문학'에서 그러하다. 매스컴에서는 이런 책에 대한 칭송이 자자하고, 이런 책을 쓴 사람을 대단한 학자로 대서특필하곤 한다.

대중의 요구에 부합하는 글쓰기는 그것대로 필요하다. 그런 글쓰기가 대중의 교양을 향상시키고, 앎을 확충하고, 그에 더해 자잘한 재미까지 선사한다면 그보다 다행한 일이 있겠는가. 문제는 이런 글쓰기를 '학문'으로 오해하는 일이다.

단언컨대 이런 글쓰기는 학문이 아니다. 그것은 학문이라기보다는 대체로 '저널리즘'의 영역에 가깝다. 저널리즘은, 비록 좋은 저널리즘이라 할지라도, 그 속성상 대중지향적이며, 꼭 엄격하지는 않다. 그리하여 언명된 진술의 근거를 철저히 밝힐 필요는 없으며, 적당히 밝히거나 꼭 밝히지 않아도 그만이다. 이처럼 지식, 문제, 텍스트를 다루는 '엄격성'의 자세에 있어서 학문과 저널리즘은 본질적인 차이가 있다. 학문적 글쓰기는 별것 아닌 것처럼 보이는 저 각주(脚註) 하나에도 사유를 집중하며, 정확함을 기하기 위해 그 표현을 고치고 또 고치며 혼신의 힘을 기울인다. 마르크스는 『자본론』 제1권의 재판을 낼 때 각주를 상당히 수정했다.

그러니 저널리즘적 글쓰기가 아무리 훌륭하다 해도, 저널리즘적 저술이 아무리 탁월하다 해도, 그것은 학문이 아니다. 이런 글쓰기의 성과가 아무리 많이 축적된다 할지라도 그것이 일국(一國)의 학문을 향상시키지는 못한다. 오히려 그것은 참된 학문을 왜곡시킬 수도 있으며, 참된 학문의 정진(精進)에 방해가 될 수도 있다. 그러므로 저널리즘적 글쓰기가 학문적 글쓰기로 분식(粉飾)된다든가, 저널리즘적 글쓰기에 수반되곤 하는 명성과 상업적 성공에 자극받아 학문적 글쓰기가 이를 흉내 낸다면 아주 심각한 상황이 초래될 수 있다.

학문적 글쓰기는 비단 엄격함을 생명으로 삼을 뿐만 아니라, 정신의 가장 높은 경지에서 사물과 세계를 논하고 사회와 삶을 분석하고 텍스트의 심연을 더듬으므로, 불가피하게 그 내용이 난해해질 수도 있으며, 생소한 개념이나 어려운 단어가 구사될 수도 있다. 이를 통해 지식의 최전선은 새롭게 확장되고, 기존의 앎과 인식의 경계가 허물어지며, 인간과 삶과 세계에 대한 새로운 이해의 길이 열리면서 인간의 정신은 더욱 풍부하게 되거나 향상된다. 칸트의 『순수이성비판』이나 헤겔의 『정신현상학』은 지금 읽어도 몹시 난해하기 짝이 없다. 하지만

이 난해한 책이 인류사에 끼친 영향은 엄청나다. 이것이 학문이다. 저널리즘의 영역과는 확연히 구별되는.

그러니, 까다롭거나 난해하다고 해서 학문적 글쓰기를 비난하는 것은 정당하지 않다. 또한 학자는 쉽게 글을 써야 한다는 지적도 꼭 맞는 말은 아니다. 쉽게 써도 될 글을 어렵게 쓴다면 그건 반성할 일이지만, 심오한 정신의 영역이나 복잡한 사회 현상이나 역사 현상을 해명하기 위해 글이 어려워지고 까다롭게 된다면 이는 옹호되어야 마땅하다.

요컨대, 학문적 글쓰기는 대중적 글쓰기와는 길이 다르다. 이 점에서 학문은 저널리즘과 구별된다. 저널리즘적 글쓰기는 직접적으로 대중을 의식하지만, 학문적 글쓰기는 꼭 그럴 필요가 없으며, 오히려 진리에 대한 엄격한 추구를 자신의 생명으로 삼는다.

15

한국에서는 요즘 '인문학'이라는 말이 유행하고 있다. 일각에서는 인문학의 위기를 말하고, 일각에서는 인문학의 붐을 말한다. 나는 이 둘에서 모두 '왜곡'을 발견한다.

인문학만이 아니라 무릇 학문은 어느 시대나 극소수의 특별한 사람들에 의해 수행되어 왔다. 다만 오늘날은 자본과 과학기술이 세상을 지배하고 있어 실용에 별 소용이 없어 보이는 인문학은 공학이나 자연과학이나 여타의 응용학문과 달리 천덕꾸러기로 여겨지고 있을 뿐이다. 하지만 인문학은 예전에도 주로 한사(寒士)들이 수행해 왔으며, 돈과는 거리가 멀었다. 그러니 늘 '위기'였다. 그러므로 인문학의 위기라고 호들갑을 떨 것은 아니다. 인문학의 위기라는 담론은, 인문대학 학생들이 이전보다 졸업 후 취업이 덜 되는 것과 큰 관련이 있어 보인다. 그러니 정확히 말하면 인문학의 위기가 아니라 '인문대학 학과의 위기'다. 종래 한국의 인문학에 크게 내세울 만한 무슨 성취가 있었던 것은 아니므로 분명 학문의 위기는 아니다. 이전에 학문적 성과가 그래도 뭔가 있어야 '학문의 위기'라고 말할 수 있는 게 아니겠는가. 그러므로 인문대학 학과의 위기는, 좀 심한 표현일지 모르나, 밥벌이의 위기가 그 실체라 할 것이다. 학문도 밥이 필요하지만, 그렇다고 해서 밥벌이의 위기와 학문의 위기가 등치될 수는 없다.

인문학의 진정한 위기는 오히려 '인문학의 붐'에서 확인된다. 인문학의 위기 담론이 대두된 지 몇 년 지나지 않아 '인문학'이라는 담론은 가히 한국 사회의 유행 담론이 되어 버렸다. 그리하여 거리의 인문학, 커피의 인문학, 희망의 인문학, 시민인문학 등등 인문학 앞에 온갖 수식어가 나붙게 되었으며, 이 대학 저 대학에서 CEO들을 상대로 인문학 과정을 개설하는가 하면, 백화점에서까지 인문학 강좌가 개설되고 있다. 이쯤 되면 인문학이란 좋게 봐야 고급 교양이요, 나쁘게 보면 야호선(野狐禪)에 지나지 않는다.

그러니 이제 적어도 학문을 하는 입장에서는 '인문학'이라는 말을 입에 올리기 민망하게 되어 버렸다. 최근에는 권력의 시녀가 되고 있는 형국이다.

16

가치를 문제 삼는 학문, 특히 인문학은 돈과 권력으로부터의 독립이 그 생명이다. 돈과 권력에 예속되거나 그 눈치를 보기 시작하면 그 본래면목을 견지하기 어려우며, 따라서 그 본연의 사명을 다하기 어렵다. 인문학은 무엇으로부터도 구속되지 아니하는 자유로움, 오직 스스로의 동기와 이유에 따라 움직이는 자율성이 그 본질이다. 그리고 이 자유로움과 자율성 위에서 진정한 학문적 비판의식이 싹튼다. 돈과 권력은 바로 이 자유로움과 자율성을 저해하며, 비판성을 잠재운다.

한국에서 인문학의 학문적 자유와 자율성은 현재 심각한 위기에 처해 있다는 것이 나의 판단이다. 이 위기는 바깥에서 온 것이기도 하지만 동시에 내부에서 기인하는 것이기도 하다. '바깥'은 이른바 '학진 체제'(學振體制)와 자본의 작동을 말하며, '내부'는 학문 주체의 체제 순응성을 말한다. 안과 밖, 이 둘의 공모로 인해 연구자의 자발성과 창의에 의한 연구보다 연구비 지원을 받기 쉬운 연구가 더 선호되고 있지 않나 한다. 연구비는 연구 주제와 연구의 내용에 알게 모르게 영향을 미치며, 연구자의 의식에도 작용한다. 연구비를 지원받지 않고 공부하던 춥고 가난한 시절에 학자들은 오히려 자유롭고 기개가 있었다. 이제 학자들은 이런저런 명목의 돈을 지원받지 않고서는 연구를 할 의욕을 크게 느끼지 못하는 것으로 보인다. 돈에, 그리고 체제에, 길들여져 버린 것이다.

17

학문은 세간(世間)에서 이루어지는 세간의 일이다. 그러므로 세간의 모순과 욕망이 개입되거나 작용할 수밖에 없다. 그렇기는 하나 학문은 또한 세간의 모순을 극복하고자 함을 그 중대한 과업으로 삼는다. 이를 위해서는 연구 주체가 자신의 욕망을 절제하고 공평무사한 마음을 가지려는 노력이 필요하다. 요컨대 학문 주체가 어떻게 자신의 삶을 영위하는가는 '학문 외적'인 일이 아니라 '학문 내적'인 일이라 할 것이다. 다시 말해 자기 삶 외부의 어딘가에 학문이 따로 존재하는 것이 아니라, 자기 삶의 내부에 학문이 존재한다. 그러므로 치열한 학문을 위해서는 치열한 삶이 필요하다. 진정한 학문 행위는 도를 닦는 행위에 방불하며, 수도자와 비슷한 마음가짐과 정진이 필요하다.

한국 학문은 그 학문성을 높이기 위해 더욱 더 각고의 노력을 하고 분발해야 한다고 생각된다. 학문성의 제고는 궁극적으로 공동체 성원의 정신과 의식의 제고로 이어지므로 결국 사회의 개선과 그 정신적 향상에 기여하게 된다. 이는 오로지 학문만이 할 수 있는 일이다.

디지털 시대의 학문하기

1. 지금의 상황과 학문

요 몇 십 년 사이 정보통신기술의 발달로 사람살이와 세상이 엄청나게 바뀌었다. 최근에는 딥러닝을 통해 인공지능까지 개발됨으로써 디지털 기술 발전이 인간과 세계에 미칠 영향력은 도무지 가늠하기 어려운 지경에 이르렀다.

향후 예상되는 인공지능 기술의 가속적 발전과 그 사회적 응용에 대해 혹자는 낙관하고 혹자는 우려를 금치 못하는 듯하다. 낙관의 근거는 대체로 신기술이 인간을 노동에서 해방하고 보다 스마트하고 여유롭고 편리한 삶을 가져다 줄 것이라는 데 있는 듯하다. 우려하는 이들은 가공할 정도의 일자리 축소, 사회적 불평등의 심화, 인간의 기계에의 예속, 인간의 통제를 넘어선 기계 지능의 자기적(自己的) 전개(展開) 가능성, 인공지능의 살상무기적 전용 등등을 염두에 두고 있는 듯하다.

하지만 이 문제에 대한 우리 사회의 작금의 논의는, 기술 발달에서 유토피아적 미래를 꿈꾸는 쪽이건 거기서 심각한 문제와 징후를 읽어 내는 쪽이건 간에, 이 새로운 국면의 기술 발전이 '인간 자체'에, 인간의 정신과 존재 방식에, 인간의 마음과 그 깊은 내면에, 인간의 인간다움을 담보하는 인간성과 그 주체성에, 어떤 영향과 작용을 끼칠 것인지에 대해서는 별반 주목하고 있지 않은 듯하다.

정치와 경제에 종사하는 사람들이 4차 산업혁명을 운위하며 이 문제를 국가적·경제적 득실의 관점에서만 보는 것을 강 건너 불 보듯 해서는 안 될 줄 안다. 하지만 학자들이라고 해서 정보통신기술에 대한 태도나 입장이 다 같지는 않다. 디지털 기술을 적극적으로 긍정하는 사람이 있는가 하면, 비판적으로 보는 사람도 있는 듯하다. 그런가 하면 이 문제에 별 생각 없이 수수방관하고 있는 사람들도 있다. 아마도 대다수 학자들은 수수방관하는 쪽에 속하지 않을까 한다. 이런 분들의 심리적 기저에는 일종의 무력감—내가 어떤 태도나 입장을 취해 봤자 아무 소용이 없으며 기술은 나와 관계없이 발전되고 확산될 것이라는 판단에서 기인하는 무력감—이 자리하고 있을지도 모른다. 무력감은 순응을 낳게 마련이다.

지금의 학문은 이런 상황에 처해 있다. 이는 비단 한국만이 아니고 세계의 학문이 보편적으로 맞닥뜨리고 있는 상황이라는 점에서 문제의 심각성이 있는 게 아닌가 한다.

2. 디지털 실증주의

디지털 기술의 전개는 멈추지도 않을 것이며, 멈추게 할 수도 없을 것이다. 문명의 디지털적 전환은 불가피해 보인다. 이 과정에서 학문이 할 수 있는 일은 무얼까? 학문은 무엇에 치력해야 하고, 또 필요하다면 어떤 자기 전환이 필요할까?

오해가 있을 것 같아 미리 말해 둔다면 여기서 말하는 '학문'은 주로 인문학이다. 나는 인문학자로서 한국학이 전공이다. 그러니 이하 나의 생각은 인문학으로서의 한국학을 하는 사람으로서의 제약을 갖는 것임을 고려해서 들어 주시길 바란다.

그렇기는 하나 한국에서 이루어지는 학문 가운데 국문학 연구나 한국사 연구는 그 창의성이나 독자성에 있어 한국 학문을 대표한다고 말할 수 있다. 한국 학문으로서 세계에 내세울 수 있는 것은 유감스럽지만 이 두 분야 말고는 별로 없다고 해도 과언이 아니다. 이 두 분야의 연구 수준이 꼭 높아서 하는 말이 아니다.

나는 한국학 연구의 최전선에 있는 학자다. 고전문학 연구에서 출발해 사상사 연구를 거쳐, 근년에는 예술사 연구에 몰두하고 있다. 이런 공부길로 인해 '학문하기'에서 자료, 텍스트, 해석, 통합의 중요성을 조금 안다면 아는 편이다. 이 발표는 나의 이런 학문적 경험에서 출발한다.

19세기 한국의 사상가 최한기는 세계를 바꾸려면 학문을 바꾸어야 한다고 생각했다. 그래서 주자학과 고증학을 지양한 새로운 학문 체계로서 기학(氣學)을 수립했다. 일원론적이며 자족적 학문 체계라는 점에서 기학은 문제가 없지 않지만 그럼에도 그것이 보여 주는 학문적 현실 대응력의 강조, 학문적 선도성의 적극적 승인은 주목할 만하다. 말하자면 최한기는 학문을 새롭게 정초함으로써 세계를 새롭게 재구성하면서 세계의 변화에 참여하고 있는 것이다.[1]

한국의 학문 전통에서 주목되는 또 다른 분은 홍대용이다. 홍대용은 주자학 공부에서 출발한 정통 주자학자이지만 만년에 주자학을 벗어나, 주자학에서 이단으로 배척한 장자·묵자·양명학·불교를 포섭해 동아시아 사상사에서 전연 새로운 세계관을 학문적으로 정초한 분이다. 홍대용 역시 최한기와 마찬가지로 학문 행위에 의한 새로운 진리 구성을 통해 인간과 삶과 세계를 새롭게 해석하고 있는 것이다.[2]

두 사람은 학문적 모색은 다르지만 주자학과 고증학을 지양하고 있다는 점, 서학(西學), 즉 서양의 자연과학에 적극적 관심을 보이며 그것을 학문적으로 포섭하고 있다는 점에서 공통점을 보인다.

디지털 시대의 학문하기는 이 두 사상가에게서 어떤 시사를 받을 수 있는가? 먼저, 학문을 기능적/도구적/응용적인 것으로 좁히지 않고, 인간의 올바른 삶은 어떻게 영위되어야 하

1 박희병, 『운화와 근대: 최한기 사상에 대한 음미』, 돌베개, 2003 참조.
2 박희병, 『범애와 평등: 홍대용의 사회사상』, 돌베개, 2013 참조.

는가, 인간과 세계(혹은 자연)는 어떻게 연관되어 있으며 세계 속에서 인간은 어떻게 자신의 인간다움을 확보할 수 있을 것인가 하는 문제의식을 환기시켜 준다는 점을 지적할 수 있다. 거대 담론이 사라져 버리고 학문이 왜소화·파편화되는 쪽으로 나아가고 있는 듯한 작금의 한국의 학문 상황에서 이 환기는 아주 소중해 보인다. 인간과, 인간의 삶이 영위되는 세계에 대한 통찰과 관심이 학문의 본령임을 새삼 일깨워 줌으로써다.

하지만 이러한 시사는 퍽 중요하긴 하나 일반론적인 것이라 할 것이다. 그래서 좀 더 구체적인 수준에서 생각해 본다면 다음과 같은 두 가지 시사를 얻을 수 있을 듯하다. 하나는 실증주의에 대한 비판적 성찰이고, 다른 하나는 새로운 인간학의 정초에 대한 문제의식이다. 이 중 실증주의와 관련해서는 좀 깊은 음미가 필요해 보인다.

주지하다시피 실증주의는 19세기 유럽에서 과학이 진리의 표준처럼 됨에 따라 철학이나 사회학과 같은 비과학의 학문 분야에서도 진리 추구에서 형이상학과 사변을 배제하고 검증 가능한 것만을 진리로 인정한 학문적 입장을 말한다. 실증주의에도 일면 그것대로의 장점이 있다. 그렇긴 하나 그것은 과학주의와 마찬가지로 편협하며, 현상에 매몰되어 있다는 점에서 문제이다. 과학주의든 그와 연결되어 있는 실증주의든 존재론과 인식론에서 심각한 문제가 내재해 있는 것이다. 이런 상식적인 이야기를 왜 하느냐 하면 오늘날 한국에서 수행되고 있는 한국학 연구가 대체로 실증주의에 포박되어 있다고 보이기 때문이다.

문학 연구든 역사 연구든 철학 연구든 예술사 연구든 한국학은 자료(데이터) 위에서 성립한다. 요컨대 자료가 없으면 한국학은 성립되지 않는다. 이 점에서 한국학은 경험적 학문의 성격이 짙고, 자료학의 면모가 강하다. 그러니 실증을 중시하지 않을 수 없게 되어 있다. 하지만 실증을 중시한다는 것과 실증주의는 차원이 좀 다르다. 실증을 중시한다고 해서 무조건 실증주의는 아니다. 그러니 한국학이 태생적으로 자료적 실증을 중시한다고 해서 실증주의에 빠질 수밖에 없다고 단정하는 것은 옳지 않다. 실증에서 출발해 실증으로 끝날 수도 있지만, 실증으로 끝나지 않고 실증 너머의 진리를 궁구할 수도 있기 때문이다. 요컨대 실증에 기반하면서도 실증에 긴박(緊縛)되거나 함몰되지 않고 더 높은 정신의 어떤 국면을 포착할 수 있는 가능성이 이론적으로 열려 있는 것이다.

한국의 학문사를 본다면 1960년대에서 1980년대까지의 한국학은 실증에 꼭 포획되지는 않았다고 생각된다. 이 시기의 한국학 연구는 이론과 사유가 있었다. 대표적인 학자로 김용섭(국사학)과 조동일(국문학)을 들 수 있을 터이다. 두 분은 현금 '내재적 발전론'의 도식에 사로잡혀 오류를 범했다고 비판받기도 하지만 그 점과 상관없이 이론과 사유의 적극적 모색을 했음은 높이 평가되어야 옳을 것이다.

문제는 1990년대 이후부터 점차 한국학 연구가 실증에 갇히는 경향성을 보여 주는데, 이에 따라 이론적 전망과 사유가 사라지거나 박약해지게 되었다고 판단된다. 인과관계는 혹 거꾸로일지도 모른다. 즉 이론적 전망과 사유가 사라지거나 부재해 실증에 매달리게 된 것일 수도 있다. 내재적 발전론이나 거대 담론을 비판하면서도 이론적 대안을 제시하지는 못했기 때문이다.

21세기에 들어와 한국학 연구의 실증주의적 지향은 한층 더 강화되었다. 이에는 앞서 지적한 이론적 전망의 부재 외에도 몇 가지 요인이 중첩적으로 관련되어 있다고 생각된다. 하나는 연구 환경의 정치경제적 변화요, 다른 하나는 인터넷 검색엔진의 발달이다. 네이버, 구글 등이 등장한 것이 바로 이 시기다. 우리는 이 지점에 이르러 비로소 본 발표의 연구 주제와 다시 본격적으로 조우하게 된다.

흥미로운 점은 연구 환경의 정치경제적 변화와 인터넷 검색엔진의 발달이 서로 관련되어 실증주의의 강화에 기여하고 있다는 사실이다.

연구 환경의 정치경제적 변화란 무엇을 말하는가? 두 가지를 지적할 수 있다. 하나는 한국연구재단(과거 학술진흥재단)의 연구 관여이고, 다른 하나는 몇몇 신문사에 의해 기획된 대학 서열 평가로 인한 대학의 논문 편수 늘리기 강박증이다. 한국연구재단은 사실 국가 기관이니 그 연구 관여는 국가가 연구자의 연구 행위에 '개입'함에 다름 아니다. 한국연구재단의 연구비를 '따려면' 연구비를 받을 만한 주제를 잘 선정해야 한다. 연구소와 같은 기관이 대규모의 연구비를 따려면 더 많은 고려와 기획이 필요하다. 그러니 '개입'이다. 이런 사정은 알 만한 사람은 다 아는 사실이니 길게 논하지 않기로 한다.

인터넷 검색엔진의 발달은 실로 자료 및 정보 처리에 혁명적인 변화를 가져왔다. 이전에 나는 한적(漢籍)을 읽다가 어떤 모르는 전고(典故)가 나오면 그 출처를 확인하기 위해 여러 책과 사전을 뒤지느라 며칠을 보낸 적이 비일비재하다. 그렇게 해도 출처를 못 찾은 경우 역시 비일비재하다. 그러다가 몇 년 뒤에 책을 읽다가 우연히 그 출처를 알아내고는 발견의 탄성을 지른 적도 허다하다. 하지만 21세기에 들어와 한국과 중국의 많은 한적 자료가 디지털화된 덕에 금방 검색해 그 출처를 알 수 있다. 대학원생들은 검색 기술이 뛰어나니 나보다 훨씬 빨리 필요한 정보와 자료를 인터넷에서 가져올 수 있다. 그래서 나는 요즘 이런 문생들을 향해 '너희들은 AI다'라는 농담을 하곤 한다. 하지만 이는 꼭 농담만은 아니다.

검색엔진 덕에 이전보다 훨씬 광범한 자료에 접근하고, 시간을 아껴 더 많이 사색할 수 있게 됐으니 참으로 다행한 일이라고 생각할 수도 있다. 하지만 문제는 꼭 그렇게만 생각할 수 없다는 점에 있다. 나의 경험적 판단에 의하면 약 20년 전부터 지도학생들의 논문이 달라지기 시작했다. 자료와 정보는 여기저기서 놀라울 정도로 많이 끌어오고 주석도 장황하게 달았는데, 글쓰기는 오히려 흐트러지고, 사유의 응축된 집중은커녕 의미 있는 사유라 할 만한 것을 찾아보기 어렵게 되어 가는 경향성이 발견되었다. 좀 과하게 말하면 '사유의 죽음'이다. 왜 이런 결과가 초래되었을까?

검색엔진 때문에 논문 쓰기, 즉 연구 행위에 변화가 생긴 것이 분명하다. 즉 도구가 학인(學人)의 멘탈리티와 글쓰기에 변화를 초래한 것이다. 옛날에도 사전이나 공구(工具) 서적을 찾아봐 가며 공부하지 않았나, 검색엔진이 그것을 대체해 좀 더 편리함을 갖다 준 것일 뿐인데 학생들의 변화를 검색엔진 탓으로 돌리는 것은 너무 과대한 주장이 아닌가라는 반론이 있을 수 있다. 하지만 사전 등의 공구 서적과 검색엔진은 인지 방식에 본질적인 차이가 있다. 사전 등의 공구서적은 그 역할이 아주 제한적이었으며, 이 때문에 오히려 그것이 사유를 제한하거나 텍스트의 전후 맥락에 대한 온전한 이해를 방해하지는 않았다. 검색엔진은 완전히 다르다. 가령 사고전서(四庫全書)나 고전번역원의 한국문집총간(韓國文集叢刊: 속집까지 포함하면 총 500책이다), 조선왕조실록에서 특정 용어나 지명, 인물을 검색하면 그것이 포함된 전후 구절이 금방 쭉 제시된다. 연구자들은 이 정보를 바탕으로 연구를 진행하게 된다. 그러니 검색 항목이 포함된 텍스트 전체를 읽는 경우는 거의 없다. 그러므로 '맥락적 사고'가 점점 약해지는 것은 자연스런 귀결이다. 그 빈자리를 메우는 것은 피상적 사고, 기계적 사고, 단선적 사고, 통계적 사고다. 학문에서 맥락적 사고의 중요성은 아무리 강조해도 지나치지 않다.

이렇게 본다면 검색엔진의 문제는 단지 검색의 문제에 한정되는 것이 아니며 텍스트 읽기의 문제, 해석의 문제와 연관되어 있음을 알 수 있다. 자료의 디지털화로 인한 검색의 편리함은 인식과 해석의 피상화와 파편화라는 대가를 요구한 셈이다.

사정이 이러하니 요즘의 한국학 연구자들은 텍스트에 대한 온전한 이해에서 점점 멀어져 가고 있다는 느낌을 받게 된다. 학문에 입문한 젊은 대학원생들은 말할 나위도 없고 전문성을 인정받는 전문 연구자들도 별반 다르지 않다. 새로운 도구, 디지털적 환경이 부지불식간에 그런 변화를 낳은 것으로 여겨진다. 텍스트를 깊이 음미하며 긴 시간에 걸쳐 천천히 온전하게 읽고, 거기서 사유를 길어내어 지적 전망이나 가치를 모색하는 전통적 지식 생산의 방식에서 본다면 아주 낯선 풍경이다. 꼭 전통적 방식을 옹호해서 하는 말이 아니다. 그런 문제가 발견된다는 점을 지적하고 싶을 뿐이다.

그런데 시야를 확대해 보면 젊은 대학원생이나 학인들의 이런 변화는 반드시 검색엔진 때문에만 초래된 것은 아니다. 이들은 진작부터 디지털 문명의 세례를 받은 사람들이라는 점에 유의할 필요가 있다. 즉 스마트폰, 게임, 애니메이션, 인터넷 서핑에 익숙하고, 책으로 대표되는 인쇄 문화보다 디지털로 구현되는 영상 문화에 훨씬 더 친근감을 느끼는 사람들인 것이다. 그러니 이들이 사물이나 텍스트를 인지하는 방식이 이전의 아날로그 세대와 다를 것은 당연하다.

문제는 이러한 점을 이해할 수 있다는 데 있지 않다. 설사 이해는 할 수 있다 할지라도 문제는 그대로 남기 때문이다. 제일 큰 문제는 디지털 문명에 포섭되면 될수록 인간으로서의 '긴 호흡'을 잃어 가게 된다는 점이다. 사유는 긴 호흡에서 나온다. 호흡이 짧아지고 빨라지면 사유도 짧아지고 빨라진다. 이는 일반 교양층에게도 큰 문제지만 정신 방면에 종사하는 사람이나 학자에게는 더없이 심각한 문제라고 하지 않을 수 없다. 요컨대 디지털 시대의 인간은 과잉의 정보를 갖고 있으며 정보 처리에는 능란하지만 그럼에도 역설적으로 온전한 인식, 온전한 앎에서는 멀어지는 양상을 보이고 있다고 생각된다.[3]

이처럼 사유가 얕아지고 박약해지는 현상은 실증의 편중과 밀접한 연관을 맺고 있다. 사유가 꼭 실증을 배격하는 것은 아니나 실증은 사유를 배격한다. 실증에 몰입할수록 사유는 그만큼 휘발되어 버린다. 디지털 시대에 진입한 지금 학문의 위기는 바로 이 점에 있다고 생각된다. 지금의 학문이 보여 주는 이런 경향성은 '디지털 실증주의'라고 명명될 수 있을 것이다.

디지털 실증주의는 한국연구재단의 연구비 관리 시스템과도 친화적이며, 자본의 요구에도 잘 부합된다. 한마디로 체제 부합적이다. 그러니 이런 학문적 태도에서는 홍대용이나 최한기와 같은 문제의식이나 상상력은 나오기 어렵다. 지금은 고작 시작에 불과하다. 앞으로 디지털 실증주의는 자본과 산업과 기술의 뒷받침을 받아 훨씬 더 두드러질 것이다.

3 이 점은 Nicholas G. Carr, *The Shallows: What the Internet Is Doing to Our Brains*, New York: W. W. Norton&Company, 2010; 니콜라스 카, 최지향 역, 『생각하지 않는 사람들』, 청림출판, 2011 참조.

3. 통섭 혹은 융복합의 문제

최근 학문의 통섭 혹은 융복합이 필요하다는 주장을 많이 접하게 된다.

'통섭'이란 말은 사회생물학자인 에드워드 윌슨(1929~)이 사용한 '컨실리언스'(consilience)라는 말의 번역어다. 윌슨의 통섭 개념은 자연과학인 사회생물학 아래에 인문학과 사회과학 등 모든 학문이 포섭되어야 한다는 주장으로 요약될 수 있다.[4] 일종의 환원주의로, 별로 타당성이 없는 생각으로 보인다. 그러니 이런 말로 해야 할 공부는 안 하고 공연히 소동을 일삼을 필요는 없다.

융복합의 주장은 좀 다르다. 이 주장은 산업계의 요구를 반영하고 있지 않나 생각된다. 가령 '디지털 컨버전스'(digital convergence) 같은 개념에서 '컨버전스'는 '융복합'으로 번역될 수 있을 터이다. IT 산업계의 이런 요청이 학문 분야에 침투되어 공학에서부터 시작해 급기야 인문학이나 사회과학에까지 파급된 것으로 여겨진다.

흔히 스티브 잡스(Steve Jobs, 1955~2011)가 공학과 인문학을 접속시켜 새로운 디자인과 기능을 내장한 기기(器機)를

4 Edward O. Wilson, *Consilience: The Unity of Knowledge*, New York: Alfred A. Knopf, 1998; 에드워드 윌슨, 장대익·최재천 역, 『통섭: 지식의 대통합』, 사이언스북스, 2005.

세상에 선보였다고 말하곤 하는데, 여기에는 심각한 오해가 있는 듯하다. 그런 것을 '인문학'이라고 할 수는 없다. 그런데 한국에서는 스티브 잡스의 영향으로 인문학과 공학의 결합을 힘줘 강조하며, 대학도 이런 요청이 산업적으로 실현되는 방향으로 개편되어야 한다는 주장을 소리 높여 주장하는 사람까지 나오게 되었다. 이런 주장은 급기야 인문대학의 학과를 통폐합하여 '문화컨텐츠학과'를 만드는 유행을 낳기도 했다. 물론 여기에는 실용적으로 별 도움도 안 되고 이익도 없는 인문대학의 학과들을 축소하거나 없애 버리고 싶어 하는 대학 자본 측의 요구도 작용하고 있는 것으로 보인다.

하지만, 문화컨텐츠학은 본질상 인문학이 아닌바, 인문대학에서 하기보다는 응용학문 분야와 연계된 별개의 학부에서 하는 것이 적절하지 않은가 한다. 분명한 것은, 문화컨텐츠학이 문사철로 대표되는 인문학의 진흥이 아니라 그 폐절(廢絶)에 기여하고 있다는 사실이다.

최근에는 '디지털 인문학'(digital humanities)이라는 용어도 나돌고 있다. 미국이나 영국, 프랑스, 독일 같은 데서는 10년쯤 전부터 디지털 인문학 학회도 만들고 각종 프로젝트도 활발히 하는 것으로 알고 있다. 그 영향을 받아 한국에서도 몇 년 전부터 이런 주장을 펼치는 사람들이 나오기 시작한 듯하다.[5]

5 디지털 인문학에 대한 국내 최초의 개론서는 김현·임영상·김바로, 『디지털 인문학 입문』, 한국외국어대학교지식출판원, 2016이 아닌가 한다.

디지털 인문학은 데이터의 총체적 디지털화를 기반으로 인문학의 외연을 확대하고자 하는 의도를 보여 준다. 어차피 디지털 시대니 인문학 자료를 총체적으로 디지털화하고, 그것을 적절히 활용해 이런저런 필요한 연구를 하면서 기존의 연구를 보완하는 것은 좋은 일이라 할 것이다. 하지만 디지털 인문학이 기존의 인문학을 대체할 수는 없다. 인문학의 디지털적 수행에는 장점만 있는 것이 아니라 큰 위험과 반대급부가 따른다는 사실을 명심하지 않으면 안 된다. 그러니 너무 과대포장하거나 낙관적 태도로 일관하는 것은 학문적이지 않다고 생각된다.

더군다나 북미나 유럽의 학문 상황과 달리 한국에서 디지털 인문학을 주창하는 사람들은 '문화컨텐츠학'과의 연계를 강하게 의식하고 있다는 문제점을 보인다. 그렇다면 이는 결국 돈과 자본의 문제로 귀결되며, 일종의 '사업'으로서의 성격을 갖는 것이지 순수학문이라고 하기는 어렵다. 인문학이나 사회과학은 기본적으로 기초학문에 속하며 그 점에서 공학이나 경영학이나 법학과 같은 응용학문과는 구별된다. 문화컨텐츠학이 인문학이 아니라고 한 것도 이런 맥락에서다. 디지털 인문학이 인문학을 보완하는 역할을 정당하게 수행하려면 이런 성찰과 자기 한계에 대한 냉철한 자각이 필요할 줄 안다. 그렇지 않고 문화컨텐츠학처럼 자본의 요구에 부응하는 쪽으로 갈 경우 인문학의 외연 확장과 진흥에 기여하기는커녕 인문학의 왜소화와 형해화를 초래할 것으로 우려된다.

여기서 디지털 인문학을 거론한 것은 그것이 학문의 융복합을 강하게 제기하고 있기 때문이다. 목하 '융복합'이라는 말은 하늘을 찌를 듯 성행하고 있다. 그리하여 지식 융복합, 산업 융복합, 기술 융복합, 교육 융복합, 디자인 융복합 등이 제창되고 있다. 심지어 지식융복합학회라는 학회도 존재한다. 가히 '융복합 시대'라고 할 만하다. 융복합이 디지털 문명과 밀접히 관련되어 있다는 것, 따라서 융복합 시대라는 말이 디지털 시대라는 말의 변주에 가깝다는 것은 췌언을 요하지 않는다.

지금까지 살펴보았듯이 학문의 통섭 내지 융복합은 자연과학 쪽에서 제기되거나, 기술과 자본 쪽에서 제기되거나, 디지털 인문학 쪽에서 제기되었다.

그런데 여기 흥미로운 사실이 하나 있다. 학문의 통섭 혹은 융복합을 주장하는 사람치고 실제 자기가 종사하는 분야에서 학문의 통섭 내지 융복합을 열심히 학문 연구를 통해 실천하는 사람은 아주 드물거나 없는 것으로 보인다는 사실이다. 학문은 입으로 하는 것이 아니다. 학자는 실제의 연구, 업적을 통해 말하지 않으면 안 되며, 업적 뒤에 가만히 숨는 것이 좋다. 기술·산업·사업과 달리 학문의 융복합은 쉽게 말할 수 있는 일이 아니다. '통섭'이나 '융복합'이라는 용어는 시류와 관련되어 있는 데다 앞서 지적한 문제가 내재해 있으므로 나는 이 말 대신 '통합'이라는 말을 사용해 오고 있다.

학문에 왜 통합이 필요한가? 산업 발전에 부응하기 위해서인가? 국가의 이익을 위해서인가? 학문이 도태되거나 무시되고 있으니 경제적·실용적 유용성을 확보하기 위해서인가? 디지털 시대의 현실과 요구에 부응하기 위해서인가? 이런 시각은 모두 대개 학문 외부의 사정이나 요구를 주로 고려하고 있다는 공통점이 있다. 이는 '외부적 시각'이라 이름할 수 있을 것이다. 이와 달리 나는 '내부적 시각'에서 이 문제에 접근해 보고자 한다. 내부적 시각은 학문 내부의 사정과 요구에서 출발한다는 점에서 외부적 시각과 구별된다. 물론 내부적 시각이라 해서 학문 바깥의 상황을 도외시하는 것은 아니다.

근대 학문은 기본적으로 학문 영역의 분리와 구획 위에 정초되었다. 한국의 근대 학문은 근대 학문의 원류라고 할 유럽보다 이런 면모가 훨씬 강하다. 그리하여 '분과학문 체제'를 강고하게 구축하고 완성했다. 분과학문 체제는 '경계'를 설정하고, 대체로 주어진 경계 안에서 학문 행위를 하게 되어 있다. 경계는 일단 정해지면 관습화되고 내면화되어 경계 밖으로 나가고자 하는 사람도 드물거니와 그런 엄두를 내기도 어렵다. 이런 체제는 인식론적으로 심각한 문제를 초래한다.

세계, 현실, 정보는 복합적이다. 인간이나 인간의 삶도 복합적이며 텍스트 자체도 복합적이다. 말하자면 모든 연구 대상 자체가 복합적이다. 복합적인 것을 온전하게, 다시 말해 전체적으로 이해하고 해석하기 위해서는 복합적 사고와 접근이 불가결하다. 이리 생각해 오면 대상을 분과학문적으로만 연구하는 것이 한계가 있음이 자명해진다. 게다가 세상은 갈수록 점점 복잡해지고 있다. 학문이 이런 세계 상황에 능동적으로 대처하기 위해서는 근대 이래의 분과학문 체제를 수정해 나가지 않으면 안 된다.

그러면 분과학문 체제를 엎어 버리고 통합적 학문 체제를 새로 구축하는 것이 좋을까? 말은 시원하지만, 분과학문 체제를 일거에 부정하는 것은 현실적이지도 않을뿐더러 생산적이지도 못하다고 생각된다. 분과학문에도 장점이 있다(물론 이 장점은 단점과 동전의 양면처럼 맞붙어 있지만). 특화된 방법론과 단단하고 깊은 전문성이 그것이다. 이는 결코 만만히 볼 수 없는 점이다.

이리 본다면 분과학문의 장점은 살리되 그 단점을 보완하는 방향으로 연구 체제를 정비·수정해 나가는 한편, 연구 풍토와 문화를 바꾸어 나가는 노력을 지속적으로 기울여 나가는 것이 필요하다. 분과학문에서 단단하고 높은 경지를 확보하지 않은 연구자가 통합적 주제를 다루거나 연구의 월경(越境)을 할 경우 학문적 수준을 확보하지 못할 가능성이 높다. 그러니 잠정적으로는 각자 분과학문에 속한 채로 통합적 학문에 필요한 문제의식을 키우고 기초 소양을 다지면서 공부의 내공을 쌓아 나가는 단계를 거치는 것이 필요하지 않은가 한다. 모두가 미켈란젤로나 레오나르도 다빈치가 될 수는 없으며, 그럴 필요도 없다. 모든 학자에게 통합 연구를 하라 하고 그 연구 결과를 제출하라고 다그친다면 외려 얼치기 학자만 잔뜩 양산될 가능성이 높다. 한 분야에서 높은 경지에 이르는 일은 지극히 어려운 일이다. 통합 연구에서 학문적 권위와 높은 수준을 인정받기 위해서는 특정한 분야에서 훌륭한 성취를 내지 않고서는 불가능하다. 물론 한 분야의 대가가 꼭 여러 분야를 횡단하면서 학문적으로 훌륭한 성취를 보여 주리라는 보장은 없다. 하지만 필요조건은 될 터이다.

나는 요 근래 18세기의 문인화가 능호관(凌壺觀) 이인상(李麟祥, 1710~1760)의 서화를 집중적으로 연구해 왔다. 이 분은 일반적으로 조선 시대 최고의 문인화가로만 알려져 있지만 실은 문학가로서도 문제적이며, 사상사적으로도 문제적인 인물이다. 그간 미술사를 연구하는 학자들은 주로 이분의 그림만 들여다보며 연구를 해 왔다. 그렇다 보니 이분의 문학·사상·글씨쓰기(서예)가 이분의 그림과 어떤 내적 연관이 있는지, 그리고 문학·사상·예술 이 3자를 통해 총체적으로 확인되는 이분의 존재 방식과 정신적 특질이 무엇인지는 제대로 탐구되지 않았다. 요컨대 이인상이라는 인간의 삶과 그 정신적 외화(外化)가 단지 피상적으로만 이해되어 온 것이다.

학문적 평가야 별도의 일이지만, 적어도 나는 이인상 연구를 통해 한국학 연구 혹은 인문학 연구에서 통합적 접근이 비록 힘은 들지만 진리에 좀 더 다가가고 사태를 종합적으로 이해하는 데 큰 도움이 된다는 사실을 확인할 수 있었다. 이를 통해 인간에 대한, 사회역사적 시공간 속에서 영위되는 인간의 유한한 삶과 그 운명에 대한, 인간의 이념과 정신에 대한, 그리고 '나'와 타자의 관계에 대한, 나아가 세계 내 존재로서의 '나'의 존재 양상에 대한 좀 더 심원하고 반성적인 통찰에 이를 수 있었다고 생각한다.

나의 이 연구는 '통합인문학'의 한 결실이다. 통합인문학은 분과학문의 경계를 넘어 인문학을 통합적으로 연구하는 학문으로 규정될 수 있다. 나는 한국학의 영역에서 통합인문학을 수행한 셈이지만 인문학은 범위가 넓으니 그 다른 영역에서도 여러 가지 주제로 통합인문학을 수행할 수 있지 않을까 한다. 그 규모도 필요에 따라 아주 크게 할 수도 있고, 중간 정도의 규모로 할 수도 있을 것이며, 작은 규모로 할 수도 있을 터이다. 이런 연구를 미루어 확대하면 종국에는 인문학, 사회과학, 자연과학의 경계를 허무는 연구도 가능하리라 생각한다. 중요한 것은 규모가 아니라 연구 자세와 접근법과 문제의식, 즉 연구의 인식론적 기초를 새롭게 정립하는 일일 것이다.

통합인문학은 인간, 인간의 정신적 외화(外化)의 여러 양식들, 텍스트에 대한 전일적(全一的) 성찰과 해석을 그 구경(究竟)의 과제로 삼는다. 이는 인공지능을 이용한 정보 처리, 지식의 가공 및 생산과는 다른 차원의 지적 작업일 것이다. 또한 디지털 실증주의와는 그 지적 전망과 지향을 달리하는 작업일 것이다. 통합인문학은 결코 환원될 수 없는 인간의 정신과 삶의 복잡성, 그리고 그 속에서 길어 올려지는 가치를 문제삼기 때문이다.

4. 연구 주체의 내적 성찰

『장자』(莊子) 「천지」(天地) 편에 보면 이런 대목이 있다. 자공(子貢)이 어떤 늙은 농부를 만났는데, 그는 독에다 물을 길어 나르며 힘들게 농사를 짓고 있었다. 자공이 도르래를 써서 물을 길면 힘이 덜 들고 공효는 훨씬 큰데 왜 그리 안 하는지 묻자, 노인은 이리 대답했다.

> 나는 우리 선생님께 들은 말이 있소. 기계를 가지게 되면 반드시 기계를 쓰게 됩니다. 기계를 쓰면 기계에 의지하는 마음이 생기게 된다오. 기계에 의지하는 마음이 흉중에 있으면 자연 본래의 천성이 망가져 버린다오. 자연 본래의 천성이 망가지면 정신이 안정되지 못하게 되지요. 정신이 안정되지 못한 자에게는 도가 깃들지 않소. 내가 두레박을 모르는 게 아니라 이런 점에서 부끄럽게 여겨 쓰지 않을 뿐이오.

『장자』에 무수히 등장하는 우언의 하나다. 이 우언은 기계와 인간의 마음, 기계와 인간 정신 간의 관련에 대한 깊은 통찰을 담고 있다. 기계를 사용하면 할수록 기계의 마음이랄까(원문은 '기심'機心이다), 기계에 의지하는 마음이랄까, 기계를 편히 여기는 마음 같은 것이 생기게 되고, 급기야 그것은 인간의 정신이나 인간성을 바꾸게 된다는 취지의 말이다.

오늘날 우리가 이 노인처럼 살 수는 없다. 하지만 이 노인의 말에는 불편한 일말의 진실이 내장(內藏)되어 있으며, 그래서 우리에게 큰 울림을 준다.

테크놀로지의 발전과 그것이 낳고 있는 사회적 변화에 주목하는 학자들 중에는 테크놀로지에 기반한 전연 새로운 인문학을 구상해야 한다는 주장을 펼치기도 한다. 이 노인과는 정반대의 입장이다.

그런가 하면 앞에서 살폈듯 자본이나 문화산업의 요구에 부응해 인문학을 실용학이나 도구적 학문으로 변경하려는 지속적인 시도들도 현실에서 발견된다.

이런 현실을 직시하면서 나는 여기서 연구 '주체'의 문제를 조금 생각해 보고 싶다. 말하자면 이런 물음이다: 학자는 기술질주의 시대, 디지털 만능의 시대에 어떤 마음과 자기의식을 재정립하는 것이 필요한가?

그런데 학자에도 여러 성격, 여러 종류의 사람이 있으니 모든 사람이 수긍할 수 있는 일반적 준칙을 마련하는 것은 불가능하다. 그러니 좀 진지한 학자라면 그럭저럭 공감할 최소·최저 수준의 사유를 전개해 보기로 한다.

먼저, 인간 노동의 문제다. 인공지능의 발전은 장차 다수의 인간을 노동에서 밀어내 버리는 작용을 하리라 예상된다. 이것이 인간의 노동으로부터의 해방이 될지 인권의 하나로 간주될 수 있는 노동권(勞動權)의 박탈이 될지는 좀 더 지켜봐야 하겠지만, 마르크스가 말한 '인간의 사회적 소외'가 IT 기술의 발달로 '인간의 노동으로부터의 소외'로 그 양상이 바뀔 가능성이 크다는 것이 내가 갖고 있는 전망이다. 자본에 의해 전사회적으로 진행될 노동으로부터의 소외, 노동으로부터의 유리가 학문 일반에 미칠 파급력은 가늠하기 쉽지 않다. 학문 행위는 정신적 작업으로서 일반적인 사회적 노동과는 성격을 달리한다. 그럼에도 그것은 전사회적으로 수행되는 노동과 전연 무관한 것이 아니며, 자기 외부 노동과 연계를 갖는다. 그러므로 만일 인간의 노동으로부터의 소외 상황을 학문 주체가 제대로 전유(專有)하지 않고 전도되거나 오도된 방식으로 전유할 경우 학문의 성격이나 정위(定位)에 심각한 문제가 초래될 수 있다.

그뿐만이 아니다. 노동은 유적(類的) 존재(Gattungswesen)[6]인 인간이 자신을 가치적으로 실현하는 데 필요불가결한 것이다. 그러므로 학문 주체에서 '노동의 감수성'이 약화되거나 소거될 경우 학문의 인간적 기반이 취약해지게 된다는 근본적인 문제가 발생한다. 디지털 시대의 연구 주체가, 기계를 사용하다 보면 기계의 마음이 된다고 한 앞에 든 노인의 지직처럼, AI의 마음을 닮아가거나 아류 AI처럼 되지 않으려면 이 점에 각별히 유의해야 하지 않을까 한다.

노동의 감수성에 대한 문제는 자연에 대한 감수성, 흙의 감수성의 문제와도 연결된다. 편의와 편리는 반드시 반대급부가

6 이 용어는 마르크스가 그의 초기 저작인 『경제학철학수고』(經濟學哲學手稿)에서 쓴 말이다.

있다. 가령 0과 1의 연산에 의해 수행되는 디지털 체계는 놀라운 속도와 효율을 보여 주지만 그 대가로 인간의 환원될 수 없는 어떤 소중한 경험과 기억과 가치들, 인간의 복잡하고 미묘한 감정들, 인간 삶에 본래적인 어떤 그늘과 그림자들, 여백과 소중한 우연들은 빠져나가 버리며 그 속에 포섭되지 않는다. 이것을 잃어버리는 것은 인간이 자신의 고유한 일부를 잃어버림을 의미한다. 즉 자기 상실이다.

IT 기술의 발전은 자연에 대한 인간의 감수성을 한층 더 얇고 둔감하게 만들 것이라 생각한다. 그럴 경우 인간은 기계지능과 좀 더 닮게 될 터이다. 이런 점을 고려한다면 인문학의 연구 주체는 흙과 자연과의 정신적·물질적 접촉면을 의식적으로 넓히려는 노력을 경주하지 않으면 안 된다. 이런 노력이 방기될 경우 인문학이라는 이름으로 수행되는 연구가 미래에 AI에 의해 수행될지도 모를 지적 작업과 그리 유의미한 차이를 갖기 어렵게 될지도 모른다. 만일 효율성이나 수리적(數理的) 정확성만 갖고 본다면 기계지능의 작업 성과가 오히려 탁월할 수 있지 않을까.

고증학은 청나라 때 고도로 발전했다. 그래서 동아시아 사상사를 연구하는 학자들은 흔히 '건가(乾嘉) 고증학'의 수준을 높이 평가한다.[7] 그렇기는 하나 고증학자는 평생 자료의 수집

7 대진(戴震)을 필두로 하는 '건가(乾嘉) 고증학'에 대해서는 吳根友·孫邦金 외, 『戴震乾嘉學術與中國文化(上·中·下)』, 福州: 福建教育出版社,

과 정리, 경전을 위시한 텍스트의 훈고 주석을 자신의 학문적 과업으로 삼았다. 늘 자료에 파묻혀 사니 새로운 자료를 찾아내기도 하고, 이전에 밝히지 못한 사실을 새로 밝히기도 하고, 이전에 잘못 밝힌 사실을 바로잡기도 하는 등의 성과를 많이 거두기는 했으나 그럼에도 인간과 세상을 향한 새로운 지적 전망이나 새롭고 심원한 사유를 제시하지는 못했다. 그러니 고증학이라는 것은 실증주의와 통하는 데가 적지 않다. 새로운 사유와 세계관의 모색에 큰 힘을 쏟은 홍대용과 최한기가 고증학을 비판하고 일절 수용하지 않은 것은 그러므로 이해가 되고도 남는다.

디지털 아카이브(archive)가 광범하게 구축되고 디지털 마이닝(mining)으로 자료들의 관계망을 신속하고도 높은 수준으로 파악할 수 있게 된 지금 상황은 신(新)고증학이 성행할 수 있는 좋은 물질적 기초를 갖추고 있는 듯하다. 하지만 고증학의 주체는 사회에 대한 책임 의식이나 공동체에 대한 윤리의식이 아주 희박했다. 그들이 보인 사유의 결핍은 이와 무관하지 않다. 이는 지식인으로서는 직무유기에 해당한다. 박학적 지식에 대한 자부, 정밀한 훈고에서 느끼는 자긍심과 만족감이 초래한 결과다. 그래서 나는 그들이 엄청난 정보와 지식을 소유하고 있었지만 '지성'의 차원에서는 바보들이었다고 생각한다. 역설적이지만 자료 더미가 바보를 낳은 것이다.

2015 참조.

앞서 나는 디지털 실증주의를 비판하며 그 문제점을 지적한 바 있다. 디지털 시대의 연구 주체는 고증이나 실증에 매몰되지 말고(매몰되기 쉽지만!) 사유의 끈을 놓지 않는 비판적 주체로서 자신을 부단히 정립해 나가야 하리라 생각한다. 그래야 기술에 대한 즉자적(卽自的)이거나 물신적(物神的) 태도를 지양하고 서사적(敍事的) 거리를 확보하면서 대자적(對自的) 태도를 취할 수 있게 될 것이다.

이는 종국에 세계 상황에 대한 연구 주체의 냉철한 조망을 가능하게 하는 출발점이 될 것이며, 학문외적인 일체의 간섭과 개입에서 벗어나 자본에 예속된 주체로서가 아니라 자유로우며 독립적인 정신을 지닌 주체로서 학문 본연의 과업을 수행케 하는 토대가 될 것이다.

5. 맺음말

필자는 이 글에서 디지털 문명 시대에 학문이 직면한 문제가 무엇인가, 이러한 문제는 어디서 기인하며 어떻게 극복되어야 하는가를 논의했다. 오늘날 '학문'이라는 말은 그 규정이 간단하지 않다. 아카데미즘과 저널리즘의 경계는 점점 더 모호해지고 있으며, 논리나 사유가 단단하지 못한 대중적인 글쓰기가 학문이라는 이름으로 통용되기도 한다. 그리고 이런 종류의 글쓰기 투식이 학문적인 영역에 침투해 들어와 학문의 질적 저하를 초래하는 현상이 관찰되기도 한다.

필자는 대중적인 글쓰기의 가치를 부정하지 않는다. 그렇기는 하나 그것과 기본적으로 구별되는 순수 학문 행위의 본령과 의의를 적극적으로 옹호한다. 순수 학문 행위는 철저함을 추구하고 근원적이라는 점에서 대중적인 지식 유통과 근본적으로 다르다. 그러므로 순수 학문이 자신의 과업을 제대로 수행할 때 대중적 글쓰기의 콘텐츠가 충실하고 풍부해질 수 있다. 필자의 이 글은 바로 이 '순수 학문'을 염두에 두고 논의를 전개했다.

필자는 이 글에서, 현재 나타나고 있는 그리고 미래에 더욱 심각해질 것으로 예상되는 디지털 실증주의의 문제점을 지적했다. 하지만 이러한 지적이 인터넷 검색이라든가 정보통신기술의 다양한 학문적 활용 그 자체에 대한 비판으로 받아들여지지 않기를 바란다. 필자는 오히려 디지털 시대에 비로소 가능해진 이런 기술적 진보의 이점을 당연히 적극적으로 잘 활용해야 한다고 생각하고 있다.[8] 다만 이러한 활용에 부수되는 문

8 가령 북미, 유럽, 일본, 대만, 중국 등에서는 '역사 지리 정보 체계'(HGIS: Historical Geographic Information System)에 대한 이론적 및 실제적 연구가 상당히 진척되어 있다. 한국은 역사 자료와 문헌이 풍부하므로 역사 지리 정보 체계의 구축과 응용이 학문 발전에 큰 도움이 되리라 생각한다. 각종 디지털 아카이브의 구축 작업 역시 요망된다. 또한 분야별로 온톨로지(ontology)를 설계하면 방대한 데이터 내부의 관계망과 의미망 파악이 가능해져 디지털 시대 이전에는 생각할 수 없었던 새로운 미시적 혹은 거시적 사실의 발견이나 연구의 새로운 의제 설정이 가능하다.

제점에 대한 자각이 없어서는 안 된다는 점을 지적하고 싶었을 뿐이다.

필자는 디지털 문명이 진전되면 될수록 '통합인문학'이 더욱더 필요해지리라 전망한다. 통합인문학은 디지털적 기반 위에서 좀 더 확장적으로 추구될 수 있다. 이 경우 디지털 기술은 목적이 아니라 수단일 뿐이다. 즉 '도구'로서만 의미를 갖는다.[9] 통합인문학은 다른 지적 영역과 달리 AI나 기계가 수행할 수 없으며, 고도로 훈련된, 그리하여 비판적 지성과 높은 창의성과 사유력을 갖춘 인간만이 제대로 수행할 수 있다.

9 이 점과 관련해, 토마 피케티의 『21세기 자본』이 빅데이터의 활용에 힘입고 있다는 지적에 유의할 만하다. Jo Guldi, David Armitage, *The History Manifesto*, Cambridge: Cambridge University Press, 2014; 조 굴디·데이비드 아미티지, 안두환 역, 『역사학 선언』, 한울, 2018의 제4장 '빅 퀘스천, 빅 데이터' 참조. 필자의 『능호관 이인상 서화평석』, 돌베개, 2018 역시 최근 10여 년간 한국과 중국에서 구축된 고전 자료의 빅데이터가 없었다면 아마 출간될 수 없었을 것이다.